섬진강
남도 오백리

섬진강 남도 오백리

김용택의 섬진강 이야기 3

김용택 지음

문학동네

■ **일러두기**

• '김용택의 섬진강 이야기'는 1948년부터 2012년까지 섬진강 마을의 역사와 사람살이를 기록한 산문집이다. 마을 사람들의 정서와 언어를 훼손하지 않기 위해, 입말과 방언은 표준어로 고치지 않고 살려 썼으며, 지역명은 현 행정구역명과 다를 수 있다.

• 『섬진강 남도 오백 리』에는 저자와 출판사의 동의하에 『그리운 것들은 산 뒤에 있다』(창비, 1999)의 내용 일부가 재수록되어 있다.

나의 강이여,
섬진강이여

강물이 흘렀다.
어느 해 뒷산을 넘어 온 꽃가마가
아버지 곁에 섰다.
어머니였다.
강물이 흘렀다.
비가 오고 눈이 오고 바람이 불었다.
내가 태어나고
우리 집이 지어지고
동생들이 태어났다.
강가에 꽃이 피었다가 지고

꽃 피는 강가에 아이들이 해 질 때까지 뛰어놀았다.

어머니들이 아이들을 부르고

소를 끌고 아이들이 저녁연기 오르는 집으로 돌아왔다.

아버지와 어머니와 아이들이 밥을 먹고

별이 뜨고 다시 해가 떴다.

논과 밭, 사람들이 해와 달을 따르며

흐르는 강물 곁에서 오랜 세월 살았다.

섬진강, 사람들이 강을 떠나고

나는 그 곁에 오래 남았다.

강물이 핏줄이 되어 내 몸속으로 아프게 흘러들어왔다.

내가 강이 되었고

강이 내가 되었다.

강이 되어 흘렀다.

봄이 가고 여름이 가을이 오고 겨울이 가서

다시 봄이 되었다. 그 강이 그렇게 내게 시를 가져다주었다.

아! 강, 섬진강! 그 푸른 물결을 타고

시를 썼다.

검은 산을 날아오던 꽃잎들을 받아 나는 강물에 띄우며

살았다. 서러웠고, 기뻤고, 행복했고,

그리고 강가에서 흘러가는 강물을 보며 때로 울었다.

울지 않고 어찌 정이 들꼬.
어찌 강이 되리.
오늘도 강물 위에
저녁별처럼, 떠 있다.
시를 쓸 것이다.
강을 노래할 것이다.
모든 것들이 사라지더라도
시는 남아 강을 따를 것이다.
꽃잎이 흘러와
마을에서 맴돌다가
흘러갔다.
내 모든 것들인
나의 강,
섬진강이여!

2013년 1월
김용택

차례

제1부

———

섬진강 풍경

남도 오백 리를
흐르는 섬진강

섬진강 1

가문 섬진강을 따라가며 보라
퍼가도 퍼가도 전라도 실핏줄 같은
개울물들이 끊기지 않고 모여 흐르며
해 저물면 저무는 강변에
쌀밥 같은 토끼풀꽃,
숯불 같은 자운영꽃 머리에 이어주며
지도에도 없는 동네 강변
식물도감에도 없는 풀에

어둠을 끌어다 죽이며
그을린 이마 훤하게
꽃등도 달아준다
흐르다 흐르다 목메이면
영산강으로 가는 물줄기를 불러
뼈 으스러지게 그리워 얼싸안고
지리산 뭉툭한 허리를 감고 돌아가는
섬진강을 따라가며 보라
섬진강물이 어디 몇 놈이 달려들어
퍼낸다고 마를 강물이더냐고,
지리산이 저문 강물에 얼굴을 씻고
일어서서 껄껄 웃으며
무등산을 보며 그렇지 않느냐고 물어보면
노을 띤 무등산이 그렇다고 훤한 이마 끄덕이는
고갯짓을 바라보며
저무는 섬진강을 따라가며 보라
어디 몇몇 애비 없는 후레자식들이
퍼간다고 마를 강물인가를.

어디선가 한 방울의 물이 태어나고, 그 물방울들이 서로 부르고 모여들어 땅속으로 흐르다, 또다른 작은 물줄기를 만나 힘이 되면 땅을 뚫고 올라가 작은 옹달샘을 만든다. 하늘을 담은 작은 옹달샘은 산짐승이나 나무꾼의 목을 축여주고, 남은 물은 넘쳐흘러 실낱같은 물줄기를 이루고, 이 가는 물줄기들이 흐르며 또 물을 불러모아 작은 도랑을 만든다. 어디서 태어났는지 모르는 작은 물줄기들이 그렇게 도랑을 만들어 흐르며 가재와 고기 들을 키우고 논과 밭을 적시고, 남은 물들이 모여 흐르며 다른 계곡과 골짜기에서 흘러온 도랑물을 만나며 몸을 키운다.

그렇게 몸을 키운 섬진강 물줄기는 진안 신암 마을을 지나 반송리에 이른다. 양반 소나무가 있다는 반송리 앞마을에는 몇 그루의 느티나무숲이 있는데, 그 느티나무 아래에 정자 두 채가 있다. 그중 하나가 개안정이니, 섬진강이 눈을 뜨는 곳이기도 하다. 섬진강가에는 유독 아름다운 정자가 많고 강마을에는 느티나무가 많은데, 그 시작이 이 개안정이다. 개안정을 지난 도랑은 제법 시내 같은 꼴을 만들며 멋지게 휘어지는데, 그 휘어진 곳에 가을이면 눈부신 작은 들판이 펼쳐진다. 이렇게 시작된 강은 여러 마을을 흘러오다가 마이산으로 유명한 수마이산 봉우리에서 생긴 또하나의 물줄기를 만나 비로소 시내를 이루며 진안군 성수면을 지나 관촌 사선대에 이른다. 사선대에서 그 근방 물을 불러모은 섬진강을 사람들은 '오원천'이라고 한다. 오원천은 다시 굽이를 틀어 신평면을 지나 운암면으로 들어서는데, 이 근방 사람들은 이 강을 또 자기 식대로 '운암강'이라 부른다. 이 운암강은 '고기 반 물 반'이라고 한다. 그만큼 물고기가 많다는 뜻이다.

운암을 지난 강은 강진면 옥정리로 들어서는데, 여기서 섬진강은 그 줄기가 한 번 꽉 막힌다. 사람들은 자기들의 편리함을 위해 자연을 정복한다고들 하는데, 덕분에 자연스럽게 흐르던 섬진강이 임실군 강진면 옥정리에서 막히니, 사람들은 그곳을 '섬진댐'이라고 하고 또는 '옥정호' '운암 저수지'라고도 한다. 옥정호를 만든 섬진강 다목적댐은 우여곡절 끝에 1960년대에 세워졌다. 이 댐이 있기 전에 구 댐이 있었는데, 저수량이 적어 비가 조금만 와도 물이 댐 위로 넘쳤다. 그리하여 늘 푸른 강물을 흘려보냈다. 일제 식민지 시절에 막은 이 댐은 용량이 적어 일본은 지금 자리에 새로운 댐을 막으려고 임실군 덕치면 물우리 앞까지 약 12킬로미터의 철로를 놓았는데 해방이 되어 공사가 중단되었다가, 묘하게도 5·16이 발발한 후 박정희씨가 친히 갈담까지 헬기로 날아와 댐을 착공했다. 그때 중학생이었던 나도 그를 보러 갔지만 구름같이 모인 사람들 때문에 거의 보지 못했다. 그도 작고 나도 작아서였을 것이다. 아무튼 그 신 댐으로 말미암아 많은 수몰민들이 발생해 계화도로 이주하고 뿔뿔이 흩어지고, 남은 사람들은 물 위로, 물 위로 이사를 갔다. 이 섬진댐으로 흘러드는 큰 물줄기가 하나 있었으니, 바로 노령천이다.

댐의 숨구멍에서 흘러나온 물 한 줄기, 회문산 줄기에서 흘러내린 물을 받아 흐르며, 강은 전북 임실군 강진면과 청웅면에서 흘러나온 제법 큰 시내를 만나며 계속 흐른다. 한 15리쯤 흘러 또다시 큰 시내를 만나니, 이 시내가 물 좋기로 유명한 구림천이다. 구림천을 만난 섬진강은 전북 임실군 덕치면 장산리 앞부터 활등같이 굽은 산굽이를 감고 돌며 굽이굽이 왔다갔다하며 몸을 키운다. 장산리에서 전북 순창군 동계면 구미리까지 장장 30여 리는 완전한 계곡이다. 이 계곡의 물가나 물 가운데에는 그야말로 집채만한 바위들이 앉고 눕고 엎드리고 서 있는데, 그 모습이 장관이다. 산과 산 사이로 물이 흐르는데, 강 이쪽저쪽 모두 논과 밭이 거의 없다. 논과 밭 들은 산 중턱 조그만 계곡에 어렵사리 자리를 잡고 있으며, 마을들 또한 작다. 임실군 덕치면 장산리에서 순창군 동계면 귀미리까지 강바닥은 완전히 암반으로 채워져 있다. 어디를 파도 끝없이 이어진 넓은 바위가 나온다.

이렇게 순창군 동계까지 깊은 골짜기를 숨 가쁘게 빠져나간 섬진강은 '푸―' 숨을 내쉬며 순창군 적성면에 다다라 오수천을 만나 제법 넓은 들을 적신다. 여기 사람들은 또 자기 동네 앞강에 '적성강'이라고 이름을 붙여주었다. 적성강은 순하게 흐른다. 좁고 거친 바위 사이를 빠져나온 강물은 강가나 강의 깊은 곳까지 순하게 모래밭을 이루어놓았다. 사람들은 이 넓고 고운 모래밭에서 은어를 많이도 잡았었다. 바작(발채)으로, 망태로 한 짐씩 잡았다고 한다.

　순창군 적성면을 휘돌아 나간 섬진강은 다시 좁은 계곡을 지나며 순창 강천산에서 흘러온 옥천을 만나 몸을 키운다. 옥천의 발원지인 강천산은 작은 금강이라고 부를 만큼 아기자기한 산이다. 순창군에서 이 강천산을 걷는 길로 개발하여 사시사철 사람들이 찾는 명소가 되었다. 그리하여 강은 전라남도 옥과에 다다라 옥과천을 만나서는 또 한숨을 쉬며 제법 넓은 들을 만들어내다가, 남원으로 굽이를 틀어 아름다운 계곡을 만드는데, 이 계곡만큼 한적하고 고요한 계곡을 나는 보지 못했다. 기암괴석 위에 아슬아슬 서 있는 소나무와 물 가운데 수없이 검게 박혀 있는 바위들, 깎아지른 듯한 산비탈 바위들을 보면 탄성이 저절로 나온다. 그 그림자들이 강물에 어리거나 산 사이에 눈이 펄펄 내리는 날의 고적함이라니. 그렇게 그 계곡은 이따금 나를 딴 곳으로 데려다준다. 이 아름답고, 그러나 길지 않은 계곡을 빠져나간 강물은 이제 다시 전라남도 곡성을 향해 큰 굽이를 튼다. 대강 계곡에서 가져간 돌멩이들은 잔자갈이 되어 강물에 하얗게 널려 있다. 강물은 비로소 이제 제 몫을 번듯하게 할 수 있는 남원 금지 들과 곡성 들을 가로지르며 남원을 뚫고 나온 '요천강'을 와락 껴안으며 굽이를 힘껏 트는데, 거기가 바로 곡성군 고달이다. 넓디넓은 남원 들판은 풍요롭고, 고달면 대사리 앞의 강변은 아름답다. 마을에서 내려서면 바로 강물인데, 강가에는 깨끗한 자갈들이 하얗게 깔려 있다. 여기 이 아름다운 강굽이에 정자 두 채가 그린 듯 서 있다. 그 정자 앞 수반 위에 수석 같은 바위가 있는데, 그 물 위에 나온 바위 틈새마다 철쭉이 피어 보는 이로 하여금 탄성을 지르게 한다. 바위틈에 철쭉꽃이 피어 맑은 물에 조용히 어리는 것을 상상해보라.

섬진강에서

고은

저문 강물을 보라. 저문 강물을 보라.
내가 부르면 가까운 산들은 내려와서
더 가까운 산으로
강물 위에 떠오르지만
또한 저 노고단 마루가 떠오르기도 한다.
그러나 강물은 저물수록 저 혼자 흐를 따름이다.

저문 강물을 보라.
나는 여기 서서
산이 강물과 함께 저무는 것과
그보다는 강물이 저 혼자서

화엄사華嚴寺 각황전覺皇殿 한 채를 싣고 흐르는 것을 본다.

저문 강물을 보라.
강물 위에 절을 지어서
그곳에 죽은 것들도 돌아와
함께 저무는 강물을 보라.

강물은 흐르면서 깊어진다.
나는 여기 서서
강물이 산을 버리고
또한 커다란 절을 버리기까지
저문 강물을 쉬지 않고 볼 따름이다.

이제 산 것과 죽은 것이 같아서
강물은 구례求禮 곡성谷城 여자들의 소리를 낸다.
그리하여 강기슭의 어둠을 깨우거나
제 자리로 돌아가서
멀리 있는 노고단 마루도 깨운다.
깨어 있는 것은
이렇게 저무는구나.

보라. 만겁萬劫 번뇌煩惱 있거든 저문 강물을 보라.

고은은 일찍이 구례 곡성을 이렇게 노래했다. 이 강물을 고달 사람들은 순자강이라 부른다. 순하디 순하게 흐른다고 해서 붙여진 이름이리라. 우리나라에 가장 흔한 여자 이름 같은 순자강이 넓은 곡성 들을 풍요롭게 적셔주고 다시 협곡으로 몸을 들이민다. 지금까지의 강이 그냥 순한 산색시 같았다면, 여기서부터는 제법 성숙한, 세상일을 알 만큼 아는 여인네 같은 꼴을 보여준다. 이 좁은 협곡을 기차와 찻길이 함께 간다. 지금은 기차 마을로 유명하다. 많은 관광객들이 옛날 기차를 타러 온다. 곡성을 지나는 강에는 겨울철이면 오리가 떠 있기도 하고 여름철엔 학들이 긴 다리로 강물 위에 서 있기도 한다. 군데군데 나루가 있어 그 정취를 더해준다. 한참을 숨 가쁘게 흐르다 목이 마른지 섬진강은 전라남도 보성에서 태어나 흐르는 보성강을 부둥켜안고 흐르는데, 여기가 모래벌판으로 유명한 압록이다. 고달에서 오곡을 지나 구례구역까지 가는 길은 아름답다. 봄철엔 벚꽃이 가을철엔 강가에서 벌겋게 익어가는 감들이 이 길을 아름답게 해준다. 나는 감이 익어가는 곡성의 강가를 좋아한다. 차를 타고 가다가 아무 데서나 쉬면서 붉은 감빛이 흐르는 강물을 바라보고 있으면 이런 한가한 세상이 없는 것이다. 섬진강은 마음을 쉬게 하는 강이다.

모래와 자갈 그리고 강 언덕에 자리잡은 작고 예쁜 마을들을 거느린 섬진강은 이제 전라남도 순천 구례구역에서 그 몸을 지리산 쪽으로 굽히는데, 거기가 구례다. 멀리 지리산 노고단이 우람한 자태를 드러낸다. 아, 지리산! 지리산 노고단을 보면 언제나 숨이 찬다.

지리산

김지하

눈 쌓인 산을 보면
피가 끓는다
푸른 저 대샆을 보면
노여움이 불붙는다
저 대 밑에
저 산 밑에
지금도 흐를 붉은 피

지금도 저 벌판
저 산맥 굽이굽이
가득히 흘러
울부짖는 것이여

깃발이여
타는 눈동자 떠나던 흰옷들의 그 눈부심

한 자루의 녹슨 낫과 울며 껴안던 그 오랜 가난과
돌아오마던 덧없는 약속 남기고
가버린 것들이여
지금도 내 가슴에 울부짖는 것들이여

얼어붙은 겨울 밑
시냇물 흐름처럼 지금도 살아 돌아와
이렇게 나를 못살게 두드리는 소리여
옛 노래여

눈 쌓인 산을 보면 피가 끓는다
푸른 저 대숲을 보면 노여움이 불붙는다
아아, 지금도 살아서 내 가슴에 굽이친다
지리산이여
지리산이여

빛 좋고 바람 좋고 물 좋은 고장 구례, 복 받은 땅 구례, 해와 달이 그 빛을 곱게 뿌리고 지나가는 땅 구례. 그 구례를 가슴에 안은 노고단이 품고 있는 절이 하나 있으니, 화엄사다. 지리산에서 가장 오래된 절 중 하나다. 지리산의 수많은 상처를 가슴에 품고 있는 듯한 구례 화엄사는 절 중의 절이다. 구례 벌판을 적시고 다시 강은 좁은 계곡 속으로 들어서는데, 피아골에서 흘러온 계곡물을 만나 강물은 더 깊어지고 푸르러지며 하얀 모래 위를 소리 없이 흐른다. 여기서부터 하동까지 80리 길은 강물과 함께 간다. 구례 사구 마을이 고향인 시인 이시영은 이렇게 노래했다.

남녘 강에서

이시영

구례라 섬진강 푸르른 물결 위에
늙은 사공은 비끼어 서서
올해도 또 한 해 새하얀 귀밑머리 쓰다듬다

먼 산 이마엔 서릿발 같은 눈
강 건너 갈대밭에선 놀란 장끼
남빛 하늘을 차고 오르는 소리
젊은날 잔물결 가르고 소금배 들어오다

올해도 스쳐가나니
마을의 찬 술 한잔
귀밝이 찬 술 한잔
칼바람 높새바람 뜨거이 넘던
두고 온 고향 하늘 우러르다

새 빛 새 햇살
찰랑찰랑 모래톱에 부서져
맑은 눈 새로 뜨는 남녘 강에서.

　우리나라 강길 중 가장 아름답다는 하동포구 80리 길. 하얀 모래
밭이 강 이쪽저쪽 굽이에 눈부시게 쌓여 있다. 지리산의 산그늘이
어쩌면 소리 없이 우는 시늉을 하는지도 모른다. 겉으로 우는 울음
보다 속으로 우는 울음의 깊이와 넓이를 섬진강은 보여주고 있는지
도 모른다. 강 이쪽저쪽엔 작은 마을들이 바위들처럼 모여 있다. 작
은 집들이 띄엄띄엄 있고 푸른 대나무숲이 강물에 사운댄다. 아, 매
화꽃이 피는 섬진강을 그대들은 보았는지. 흰 모래밭가에 사운대는
댓잎에 마음을 베여보았는지. 구례 하동의 봄날은 꽃 천지다. 이렇
게 꽃이 많이 피는 골짜기는 없다. 매화, 산수유, 벚꽃 천지다. 매화
꽃잎들이, 꽃이파리들이 강으로 날리는 어느 날 나는 이런 서툰 사

랑시를 쓰고 말았다.

섬진강 매화꽃을 보셨는지요

매화꽃 꽃이파리들이
하얀 눈송이처럼 푸른 강물에 날리는
섬진강을 보셨는지요.
푸른 강물 하얀 모래밭
날선 푸른 댓잎이 사운대는
섬진강가에 서럽게 서보셨는지요.
해 저문 섬진강가에 서서
지는 꽃 피는 꽃을 다 보셨는지요.
산에 피어 산이 환하고
강물에 져서 강물이 서러운
섬진강 매화꽃을 보셨는지요.
사랑도 그렇게 와서
그렇게 지는지
출렁이는 섬진강가에 서서 당신도
매화꽃 꽃잎처럼 물 깊이
울어는 보았는지요.

푸른 댓잎에 베인
당신의 사랑을 가져가는
흐르는 섬진강 물에
서럽게 울어는 보았는지요.

한참을 그렇게 꽃 속을 가다보면 화개장터가 나온다. 화개장터는
말뿐, 큰 교실 한 칸만도 못하지만 조영남의 노래 〈화개장터〉로 유
명해졌다.

화개장터

조영남 노래

전라도와 경상도를 가로지르는 섬진강 줄기 따라 화개장터엔
아랫마을 하동 사람 윗마을 구례 사람 닷새마다 어우러져 장을
펼치네
구경 한번 와보세요 보기엔 그냥 시골 장터지만
있어야 할 건 다 있구요 없을 건 없답니다 화개장터

전라도 쪽 사람들은 나룻배 타고 경상도 쪽 사람들은 버스를
타고

경상도 사투리에 전라도 사투리가 오순도순 왁자지껄 장을 펼
치네
구경 한번 와보세요 오시면 모두 모두 이웃사촌
고운 정 미운 정 주고받는 경상도 전라도의 화개장터

화개장터를 따라 올라가면 산비탈 양쪽에 아름다운 차밭들이 사
시사철 푸른 찻잎을 자랑하고 있다. 쌍계사로 가는 길은 오래도록
벚꽃길로 유명하다. 김동리의 소설 「역마」의 배경이 되기도 했던
이 화개장터 앞강의 폭이 섬진강에서 제일 넓다. 여기에 섬진강 하
면 나오는, 긴 줄로 배를 잡고 건너는 섬진강 화개나루터가 있다.
본래 화개장터는 사라졌지만 경상도와 전라도를 잇는 이 다리 화
개 쪽에 새로 단장한 화개장터가 있다. 이 장터는 늘 사람들로 북적
인다. 정말 있어야 할 것은 다 있고, 없을 것은 없는 장터가 된 것이
다. 나루 쪽은 경상남도이며 강을 건너면 전라남도다. 이 나루터에
경상도와 전라도를 잇는, 섬진강에서 가장 길고 큰 다리가 놓였다.
화개나루를 지나가면 악양 들판이 넓고 아담하게, 그리고 풍요
롭게 산자락에 담겨 있다. 악양 들판 가운데에는 소나무 두 그루가
서 있어 풍경을 여유 있게 꾸며준다. 가을철 벼가 익을 때쯤이면 이
들의 진면목이 드러난다. 비스듬하게 소쿠리 속처럼 비탈져 올라
가 층층을 이룬 논의 누런 벼들은 참으로 이 땅이 예사로운 땅이 아

님을 보여준다. 세상에서 가장 복 받은 땅, 해와 물과 바람이 가득한 곳, 악양. 벼 익을 무렵 피아골에서 악양까지 이어지는 강길 양쪽 산 위의 작은 논들을 보면, 땅의 경이로움과 농민들의 수고로움에 감탄과 함께 외경감이 절로 솟아난다. 그 높은 곳에 누렇게 층층이 박힌, 아니 둥 뜬 논들을 보며 어찌 농부들의 마음을 예사롭게 보랴. 그 속에 박힌 작은 마을의 아름다움이 우리 가슴을 저리고 서럽게 한다. 그러나 이제 그 많은 논들은 사라졌다. 악양 들판과 강산이 한눈에 들어오는 곳에 우리가 잘 아는 유명한 소설의 무대가 된 최참판 댁이 새로 지어져 관광지가 되었다. 소설 『토지』를 쓴 박경리 선생은 이 악양 벌판을 와보지도 않고 글을 썼다고 한다. 글을 완성하고 나서야 이곳에 들러 소설의 무대를 보니, 당신이 상상했던 모습과 무척 닮았다고 해서 사람들을 놀라게 했다. 소설 『토지』에 나오는 사람들 중 나는 목수 윤보를 좋아했다. 서희의 몸종이었던 봉순이는 기화가 되는데, 나는 기화를 소재로 시를 쓰기도 했다.

기화의 사랑

사랑이 그리도 깊더냐
어디 닿지 못하고
기화는 그리워 헤매도네

물이 그리도 깊더냐

물 끝에도 닿지 못하고

기화는 오늘도 사랑 따라 흐르네

하얀 억새들은

너의 몸짓처럼 강 언덕에 서럽고

죽어도 닿지 못하는 사랑처럼

시린 강물에 어리며 눈물을 닦네

어디에서 오는가 떨어지는

첫 눈송이들은

강물에 눈뜨고 겁 없이 사라지는데

흐르는 강물이여

노래 한 곡도 없이 지는 사랑이여

누구 하나 목 놓아 부르지 못하고

강가에 나앉아

기화는 흐득이네

아무리 멀리 흔들려도

뿌리는 땅에 있어

아, 사랑이여

하얀 이 손짓으로 누구를 부르랴

복사꽃잎같이 날리어오는

눈송이들이여

나는 가네

　이제 강물은 거의 하동에 다다른다. 전북 진안군 백운에서부터 여기까지 흘러온 돌들은 용케도 부서지지 않고 눈부시게 빛나는 모래밭을 이루고, 강물의 흐름은 강변 곳곳에 기름진 작은 논밭들을 만들어놓았다. 악양을 지나 조금 가면 넓은 배밭이 나오는데 이 배가 우리나라에서 제일 맛이 좋은 배란다. 배꽃이 하얗게 필 때는 섬진강 푸른 물과 강변의 대숲, 그리고 하얀 모래가 어울려 절경을 만든다. 강물은 이제 500리 길을 달려왔다. 하동에 다다른 것이다. 하동의 송림은 모래밭과 어울려 섬진강의 극치를 이룬다. 그 송림 건너로 광양을 간다. 길고 긴 500리를 달려온 섬진강은 남해로 흘러들기 전 마지막으로 힘든 일을 하나 한다. 광양 제철소가 바로 섬진강의 끝 광양만에 있는 것이다.

　어느 골짜기 땅에서 솟은 물방울들이 모여 큰 강을 이루어 사람들에게 온갖 것을 베풀고 때론 분노하며 바다로 흘러가는 긴 노정은 신비하고 위대하다. 오직 자연만이 할 수 있는 일을, 자연의 일을 자연이 자연스럽게 해내는 것이다.

강 끝의 노래

섬진강의 끝
하동에 가보라
돌멩이들이 얼마나 많이 굴러야
저렇게 작은 모래알들처럼
끝끝내 꺼지지 않고
빛나는 작은 몸들을 갖게 되는지
겨울 하동에 가보라
물은 또 얼마나 흐르고 모여야
저렇게 말 없는 물이 되어
마침내 제 몸 안에 지울 수 없는
청정한 산 그림자를 그려내는지
강 끝
하동에 가서
모래 위를 흐르는 물가에 홀로 앉아
그대 발밑에서 허물어지는 모래를 보라
바람에 나부끼는 강 건너 갈대들이
왜 드디어 그대를 부르는
눈부신 손짓이 되어

그대를 일으켜세우는지
왜 사랑은 부르지 않고 내가 가야 하는지
섬진강 끝 하동
무너지는 모래밭에 서서
겨울 하동을 보라

내집평 들

　이 작은 들에 왜 '내집평'이라는 이름이 붙었는지 잘 아는 사람은 없다. 다만 짐작건대, 서로 '내 집 논'이라고 우기는 듯한 이름이 붙은 이유는, 이 들판의 논마지기 수는 적고 이 들에 밥줄을 잇고 사는 사람들은 많았기 때문 아닐까 싶다. 섬진강 다목적댐에서 조금씩 다시 모여서 흐르던 물이 임실군 청웅면, 강진면에서 흘러온 도랑물을 만나 제법 세를 이루며 강진에서부터 직선으로 달리다가 컥, 꺾이는 곳이 있는데, 이 물길이 27번 국도와 같이 흘러오다 국도와 헤어지는 곳에서부터 내집평 들이 시작된다. 여기서 강물이 방향을 트는 곳은 순창군 구림면 일대와 회문산 한쪽에서 흘러온 구림천이 만나는 곳이기도 하다. 섬진강이 강진면, 덕치면 회문리, 물우리를 지나 구림천을 만나는 곳. 그 강변을 조금 지나면 바로 내집평 들이다. 한쪽은 순창으로 가는 국도가 그 작은 들을 가로지르고 있다. 구림천에 젖줄을 대고 있는 내집평 들은 약 360여 마지기다. 이 360여 마지기에 두무리, 물우리, 중원리, 일중리, 신촌리, 장산리, 암치리, 미륵징이 등 여덟 마을 사람들이 달려들어 농사를 짓는다. 그러니 서로 내 집 논이라고 우길 만하다. 얼른 생각해도 여덟 마을이 한창 성할 때는 300여 가구 정도였으니 얼마나 치열하게 땅을 차지하려 했는지 짐작이 가고도 남는다.

내집평 들에서 제일 좋은 논이 하나 있으니, 그 이름은 '3대논'이다. 논이 어찌나 좋은지 3대를 이어 지었다 해서 붙은 이름이다. 내집평 들 아래쪽, 그러니까 장산리 쪽으로 처진 한 귀퉁이의 모든 논들이 이 논을 통해서만 물을 가져갈 수 있었다. 3대논은 또 바로 큰 길가에 있어 일하기가 편했고, 땅이 좋아 내집평에서 마지기당 쌀이 가장 많이 났다. 물 대기 좋고, 일하기 편리하고, 소출이 많으니 자연 이 논의 임자는 배짱을 부리며 물을 대고 큰소리를 칠 수 있었다. 이 좋은 논의 임자가 바로 우리 아버지와 아버지의 바로 위 형님이었다. 아버지가 다섯 마지기, 형님이 두 마지기를 사서 농사를 지으셨다.

내집평 들은 섬진강과 구림천에 빙 둘러싸여 있고 회문산 자락 여기저기에 마을들이 박혀 있어서 마을 사람들이 한꺼번에 공동 두

레판이 난 것을 나는 여러 번 보았다. 볏논에는 세 번쯤 김을 매는
데, 꼭 마지막 세번째 김을 맬 때 두레가 나곤 했다. 일고여덟 마을
의 장정들이 다 모여 큰 느티나무 아래에 농기를 꽂아두고, 머리에
수건을 질끈 동여맨 채 이쪽 들 끝에서 저쪽 들 끝 논까지 김을 매가
는 모습은 장관이었다. 논 가운데 논두렁에선 꽹과리, 징, 장구 소
리가 들판을 울리고 소리 잘하는 사람들이 논매는 일꾼들을 따라
가며 춤을 추고 노는 모습은 일과 놀이의 극치를 보여주었다. 일 철
이면 늘 사람들로 그득했던 들가의 잎이 무성한 느티나무는 지금
도 의젓하게 서서 봄에는 잎 피고 여름에는 우거지고 가을에는 단
풍 들고 겨울에는 서리꽃이 피고 지지만, 그 밑을 지나는 나는 쓸쓸
하기만 하다. 공동 두레가 날 때 그 아래에서는 이 동네 저 동네에서
모여든 허연 수염의 노인들과 아낙네들이 밥하고 새참 장만하며 떠
드는 소리가 그 얼마나 펄펄 살아 숨 쉬는 농사의 모습이었던가. (이
글을 다시 매만지는 2012년에 본 그 느티나무는 운명이 다했는지 점점
죽어가고 있다.)

　공동 두레 때가 아니라도 봄, 여름, 가을 내내 농사꾼들은 그 느
티나무 곁을 떠나지 않았다. 모내기 철엔 이 집 저 집에 둥그렇게 자
리잡고 앉아 하얗게 김 나는 감잣국, 반식기 쌀밥(쌀 반 보리 반 넣
어 지은 밥), 갈치 지진 것, 콩자반, 새로 담근 김치 등을 흙 묻은 손
으로 서로 나누어 먹었으며, 지나가는 사람도 불러들여 배를 채워

주기도 했다. 여름이면 근방 산자락에서 밭을 매던 아낙네들이 땀에 젖은 적삼을 말리고 몸을 식혔으며, 가을에는 벼 베던 사람들이 밥을 먹곤 했다. 특히 모내기가 시작되고 벼가 팰 때까지, 그러니까 한참 물 대기를 할 때에는 그 느티나무 아래에 밤낮으로 사람들이 두런거리는 소리가 끊이지 않았다. 밤이면 담뱃불을 반짝이며 논물을 보러 갔다가 돌아와 이슬을 피해 삽자루를 베고 한뎃잠을 자기도 했다. 나도 어렸을 적 아버지를 따라 밤물을 대다가 아버지 곁에서 잠을 자곤 했다. 소쩍새가 울고 잎 사이로 보이던 별들, 그리고 들판에 반짝이는 개똥벌레와 담뱃불과 큰기침 소리들을 아득하게 들으며 잠이 들었다.

내 집평 이야기를 쓴 김에 이 들을 적시는 구림천 이야기를 하고 넘어가자. 구림천은 앞서도 말했듯이 순창군 구림면 일대에서 흘러나온 물과 회문산 정읍 쪽 골짜기 안 시내 쪽에서 흘러나온 물이 모여 흐르는 시냇물이다. 이 시냇물은 서쪽에서 발원하여 동쪽으로 흐르는 물로 옛날부터 이 물을 오른손으로 거슬러 떠 마시면 만병이 다 낫는다고 전해진다. 물이 어찌나 좋은지 옛날 선비들이 먹물로 사용하기 위해 길어 갔다고도 하는데, 이 일대 골짜기 물 나오는 곳마다 한지 공장이 꽉 들어차 있었던 것을 보아 물이 좋기는 좋았던 모양이다. 이 구림천이 거의 끝나는 곳쯤에 미륵징이라는 아주 작은 마을이 있는데, 미륵징이라는 이름이 붙은 내력은 이렇다.

옛날 어느 해 구림천에 물이 크게 불었는데 할아비 미륵과 할미 미륵이 떠내려오더란다. 이 마을에 임씨라는 기운 센 장사가 있었는데, 이 장사가 떠내려가는 할미 미륵을 얼른 건져 논 가운데에 세워놓았다. 이어서 할아비 미륵을 건지러 달려갔더니 할아비 미륵은 온데간데없더란다. 그래서 미륵의 세상은 멀어지고 말았다는데, 그 할미 미륵이 지금도 미륵징이 마을 앞 논 한가운데에 세워져 있다. 이 미륵의 모습은 무척 독특하다. 전남 화순군 운주사에 있는 미륵과 비슷한 형상이다. 이 미륵징이 마을의 앞개울을 건너면 바로 임실군 덕치면 일중리인데, 여기서부터 내집평 들이 시작된다. 여기서 우리 동네까지는 약 3킬로미터쯤 되는데 그 사이에 중원리라는 마을이 하나 있다. 옛날 전라남도 열두 개 군 관리들이 여기서 쉬고 갈재를 넘었다. 전라남도 열두 개 군 고을 원님을 맞이한 곳이 갈재였다고 한다.

그래서 중원에는 옛날부터 주막이 발달했으며, 순창, 남원, 임실의 오만 잡놈들이 다 모여들었다고 한다. 지금도 사람들은 이 중원을 '무쇠도 녹는 곳'이라고 한다. 내가 어렸을 적 중원 일대와 갈재로 가는 곳곳에 술집들이 있었고, 술집마다 하루가 멀다 하고 돼지를 잡았으며, 여름이면 이 구림천 끝인 중원에서 개를 잡곤 했다. 오죽 개를 많이 잡아댔으면 이 일대의 냇가에 '개터'라는 이름이 다 붙었을까. 중원을 지나는 구림천 물길을 사람들은 지금도 개터라고 부른다.

여름철 논일이 다 끝나면 사람들은 허기진 배를 채우려 중원으로 모여들어 보신탕을 먹었다. 나도 아버지를 따라가서 땀을 뻘뻘 흘리며 보신탕을 먹었던 기억이 난다. 땀을 뻘뻘 흘리며 훌훌 국물을 들이마시던 아버지의 모습이 지금도 내 가슴 깊은 곳에 사진처럼 박혀 있다. 얼마나 허기진 농사일이었던가. 개장국을 마신 사람들은 또 하나둘 모여 윷놀이를 했으니 '중원윷'이야말로 이 일대에서 알아주었다. 겨울이면 또 돼지를 잡아 고기를 먹으러들 와서 투전판을 벌였으니 온갖 잡놈들이 다 모여들었을 것이다. 이 주막거리의 마지막 주막 주인 두 분을 난 기억한다. 한 분은 갑도댁이었고, 다른 한 분은 천수댁이었다. 이들을 마지막으로 중원에서 주막의 시대는 끝을 맺었다.

일중리에서 좁게 시작된 내집평 들판은 점점 넓어졌다가 신촌 앞에서 가장 넓어지고 우리가 농사지었던 3대논에서부터 점점 좁아진다. 내집평 들은 이제 경지정리가 되었다. 들가로 아스팔트가 깔렸다. 아버지들이 소를 끌고 쟁기 지고 걷던 길, 어머니들이 새참을 이고 종종걸음을 치던 옛길은 이제 잊힐 처지에 놓였다. 그 운명이 다한 것이다. 고향은 이제 공간이 아니라 시간이다. 그리운 우리 마을은 시간 속에 새겨져 있을 뿐이다.

아름다운
마을들

사람들은 섬진강을 누이 같은 강이라고 한다. 여성적인 강이라고
도 한다. 사람들은 또 섬진강을 서러운 강, 봄소식을 전하는 강이라
고도 한다. 이는 섬진강이 우리나라 5대 강에 속하면서도 사람들의
눈에 잘 띄지 않아 별로 알려지지 않았고, 강의 흐름이 섬세하고 부
드러워 보이기 때문이리라. 그렇다. 섬진강은 보이는가 싶으면 숨
고, 숨어 그 모습이 보이지 않는가 싶으면 슬그머니 얼굴을 내놓았
다가, 다시 얼른 몸을 숨기며 굽이굽이 흐른다. 마치 수줍은 새색시
가 옷고름을 만지작거리며 문설주 뒤에 얼굴을 숨기고 서서 낭군을
기다리는 모습 같다.

섬진강은 잘 보이지 않는다. 찾아가야 보이고, 들여다보고, 물에

몸을 담가봐야 아름다움이 배어나오는 강이다. 섬진강은 보는 강이 아니다. 섬진강은 몸을 적셔야 느껴지는 강이다. 조금만 멀리 떨어져 있어도 섬진강은 잘 보이지 않는다. 그저 좁은 계곡을 낮은 소리로 굽이굽이 흐른다. 마을과 산과 나무와 바위와 소나무와 느티나무와 작은 풀꽃 들, 그리고 그 그림자들을 자기 몸 안에 조용히 담고 그저 소리 없이 흐르다 부서지고 또 모였다가 부서지고, 부서지면 굽이치다 쉬고, 다시 흐른다. 섬진강은 그래서 통곡의 강이 아니라 흐느낌의 강이다. 그것도 크게 후드득거리는 흐느낌이 아니라, 여인네들이 잔잔한 어깨로 흐느끼는 것 같은 강이다. 있는 듯 없는 듯 우는 듯 살포시 웃는 듯 마는 듯 흐르는 것이 섬진강이다. 보인다 싶으면 어느덧 잔설 희끗거리는 산굽이를 돌아가며 흐느끼고, 안 보이는가 싶으면 또 어느 산모퉁이에 잔잔하게 제 모습을 드러내며 산벚꽃을 피우고 흐른다.

섬진강만큼 사람들과 몸을 섞으며 사람들과 가까이 지낸 강도 없을 것이다. 밤이면 마을의 불빛들이 반짝이며 물속에 어른거리고 별들이 후드득 강물에 떨어지며 조용히 소리를 지른다. 마을 가까이 있는 논과 밭의 모습이, 사람들이 일하는 모습이 강물에 어린다.

섬진강을 따라가다보면 강물에 몸을 적시고 사는 사람들의 마을이 많은데, 그중 강과 가장 가까이 있는 곳이 있으니 전북 임실 덕치면에 있는 마을들이다. 덕치면에서 제일 높은 산은 800미터쯤 되는 회문산이다. 그다음이 500미터쯤 되는 원통산, 용골산, 성미산인데 이 높지 않은 산들 사이를 섬진강은 이리저리 감고 돌며 흐른다. 산과 산 사이가 넓지 않다. 모두 협소한 계곡이어서 논밭이 적다. 덕치면사무소 소재지인 회문리 앞 들, 그다음 내집평 들판, 산 너머 사곡 들판이 있지만 높은 산에 올라 내려다보면 손바닥만한 넓이로밖에 보이지 않는다. 그래서 예부터 지주가 살지 않았으며 반상의 구분이 없었다. 크게 성공한 성씨도 없었다. 많이 공부한 사람도 드물었다. 마을마다 사는 것이 그만그만하다보니, 서로 화합이 잘되어 두레와 품앗이가 성했다. 마을 공동체 문화가 든든하게 뿌리를 내릴 수 있었던 것이다.

남도 지방, 특히 섬진강을 끼고 있는 마을에 들어서면 마을 입구나 뒤, 가운데, 그리고 마을 경계에 느티나무가 있다. 섬진강 마을의 문화는 어찌 보면 정자나무 문화라고 해도 과언이 아닐 정도로 정자나무들이 잘 가꾸어져 있다. 지금은 도로를 내거나 둑을 쌓거나 경지정리를 하는 바람에 그 큰 느티나무들이 사라진 곳이 많다. 지금도 마을과는 상관없이 엉뚱한 곳에 커다란 느티나무가 서 있는 것을 보게 되는데, 그 느티나무가 있는 곳이 마을의 경계였거나 마을이 있었던 곳이 틀림없다. 어디를 가다가 감나무와 느티나무가 눈에 들어오면 아, 마을이 가까워지고 있구나 하고 생각하면 된다. 먼 길을 가다가 지친 나그네가 두려움을 떨치는 곳이 바로 느티나무였다. 느티나무는 섬진강변 마을 사람들이 마을의 형식을 갖추고 사는 데 가장 필요한 나무였다.

느티나무는 대개 산 고갯마루에 있다. 산을 넘어 타지로 가고, 산을 넘어 자기 마을에 들어서는 고갯마루에 느티나무는 서 있다. 사람들이 고개를 넘느라 지치고 힘든 몸을 쉬는 곳이었다. 사람들은 비탈길을 오르느라 흘린 땀을 식히며 고갯마루 느티나무 아래에서 쉬었다. 여기서부터는 우리 마을이라는, 마을의 표시이기도 한 이 느티나무 아래엔 꼭 돌무덤이 있었다. 전북 임실군 덕치면 구담리 뒤 고갯마루에도 느티나무와 돌무덤이 있다. 지금은 정자나무 그루터기만 남아 있고, 돌무덤 또한 허물어져 흔적만 남아 있다.

구담리 뒷산 고갯마루의 돌무덤과 느티나무는 이 땅의 구석진 산마을에 있던 돌무덤과 느티나무의 전형이다. 산마루 고개의 돌무덤은 사람들이 고개를 오르내리며 길에 떨어져 있는 돌을 주워 던져 만든 것이다. 비탈길이기 때문에 길에 돌멩이가 있으면 잘못 밟아 미끄러져 넘어지기 십상이다. 그래서 조심조심 내려가고 오르며 길에 있는 돌멩이를 세 개 주워 세 번씩 던졌다. 그렇게 길을 청소했던 것이다. 어렸을 때 외갓집에 가는 길에 높은 재를 넘어가야 했는데, 어머니는 이렇게 돌멩이 세 개씩 주워 던져야 다리가 안 아프다고 내게 말씀하시곤 했다. 이 고갯마루 돌무덤이 가장 많은 곳이 덕치면 암치 뒷고개였는데 지금은 새 마을길을 내느라 그 아홉 굽이

굽이마다 있었던 아담하고 자그마한 돌무덤들이 다 없어져버렸다.

구담리 돌무덤은, 아니 이 땅의 고갯마루 돌무덤들은 길을 청소해주는 구실을 했을 뿐만 아니라 마을을 지켜주는 구실도 했다. 고갯마루는 '우리 동네'이므로 외부로부터 침략을 받았을 때 고갯마루에 쌓아둔 돌멩이는 훌륭한 무기가 되었을 것이다. 구담리 뒷산 고갯마루에 돌무덤이 흔적이나마 남아 있는 것은 그리로 새 마을길이 날 수 없었기 때문이다. 워낙 동네가 작고 길이 험해 그곳으로 사람들이 오갈 필요가 전혀 없었다. 지금은 그 길을 이용하는 사람이 워낙 적어 그 흔적도 지워질 날이 그리 멀지 않았다.

느티나무는 다행히 베어진 것보다 남은 것이 더 많다. 섬진강을 따라가다 아무 마을에나 들어서면 제일 먼저 눈에 들어오는 것이 우람한 느티나무다. 사람들은 느티나무를 당산나무라고 한다. 당산나무는 해마다 섣달그믐에 그 나무 아래에서 당산제를 지냈기 때문에 붙은 이름이다. 당산나무는 주로 느티나무가 많으나, 서어나무, 팽나무 등도 많이 있다. 마을에서 가장 큰 느티나무는 대개 그 마을의 나이와 비슷하다. 느티나무가 한 천 년 묵었으면 그 마을이 생긴 지 천 년쯤 된다고 보면 틀림없다. 섬진강에서 가장 큰 느티나무는 아무래도 진안군 성수면 용포리 앞에 있는 나무가 아닌가 싶다. 그 느티나무는 크기도 엄청날 뿐만 아니라 마을 사람들도 언제 심어졌는지 모른다고 한다. 섬진강 근처에서 느티나무가 가장 많이 있는 곳은 임실군 관촌면 관촌 동초등학교 앞이다. 강물을 따라 400미터도 더 되는 이곳에 100그루가 넘는 느티나무가 군락을 이루고 있다.

느티나무는 마을 뒤에도 있고, 마을 앞이나 가운데 적당한 곳에 서 있다. 마을 뒤를 지켜주는 느티나무는 뒤 당산 또는 할미 당산, 마을 앞이나 가운데에 있는 당산은 할아버지 당산이라고 부른다. 당산나무는 그냥 아무 데나 심어 키우지 않는다. 마을과 마을의 경계에 있거나, 마을의 뒤란을 지켜주는 뒤 당산이 있는가 하면 동네 앞을 지켜주는 당산나무가 있다. 앞 당산나무는 동네 앞이 허전한 곳을 찾아 심었던 것이다. 장산 마을과 이웃 신촌 마을 경계에는 지금도 느티나무 한 그루가 의젓하게 서 있다. 느티나무가 서 있는 여기부터는 장산 마을이니 동네 앞에선 큰소리를 치지 말 것이며 아무리 잘나고 똑똑해도 어깨 힘 빼고 모든 행동을 조심하라는 은근한 경고가 담겨 있다. 실지로 옛날에 나그네들이 우리 동네 앞을 지날 때는 느티나무 뒤로 가만가만 지나가기도 하고, 더위를 식히고 쉬어갈 때는 느티나무 아래 중 제일 가장자리 그늘에서 가만히 앉아 있는 듯 없는 듯 머무르다 조용히 인사하고 가던 길을 가곤 했다. 느티나무는 그렇게 텃세의 상징이기도 했다.

마을 앞 허전한 곳을 가려 동네를 안온하고 안정감 있게 해주는 느티나무는 덕치면 천담리 앞에 가면 볼 수 있다. 그 느티나무는 논

한가운데에 서 있다. 작은 느티나무와 큰 느티나무가 엇비슷하게 서 있다. 느티나무 두 그루는 참으로 조용하고 안정감 있고 단아하다. 이 느티나무를 더욱 돋보이게 해주는 것은 그 아래에 세워져 있는 내 키만한 예쁜 돌인데, 사람들은 선돌이라고 부른다. 우리나라 마을 이름 중 선돌이나 입석이라는 이름이 흔한데, 그런 마을에는 대부분 어딘가에 돌을 세워놓았던 흔적이 있다. 갈재 너머 순창군 인계면에 탑리라는 마을이 있는데, 그 마을 입구에는 탑이 있다. 천담 마을 들 가운데에 있는, 단아하고 정감 있는 이 느티나무와 선돌은 마을을 더욱 마을답게 가꾸어주고 있어서, 어느 누가 이렇게 적당한 곳에 나무를 심어 가꾸고 돌을 세워두었는지 신비롭기만 하다. 작은 들과 마을과 나무와 선돌과 강과 산이 아름다운 조화를 이루어서 하나의 작품처럼 보인다. 농사를 짓고 사는 사람들이 자연을 읽는 안목이 대단했음을 말해주는 풍경이다.

이 천담 마을 느티나무에서 한 7, 80미터쯤 강가로 가다보면 논가에 돌무덤이 또하나 있다. 돌무덤은 덕치나 순창군 동계에서 많이 발견되는데 천담리 앞 용골산 뒤의 순창군 동계면 어치리에는 돌무덤 두 개가 나란히 있다. 암수 돌무덤인데 꼭대기에 남근을 상징하는 돌이 꽂혀 있는 것이 수돌무덤이다. 그와 마주 보는 곳에 서 있는 암돌무덤은 수돌무덤보다 약간 작은데 그 꼭대기에 여성의 성기를 상징하는 돌이 얹혀 있다. 이 천담리의 돌무덤과 느티나무와 선돌은 모두 한눈에 들어온다. 느티나무와 그 아래 선돌, 그리고 돌무덤이 한눈에 들어오는 마을은 좀처럼 없다. 이 느티나무나 돌무덤이나 선돌은 마을을 이루는 데 가장 기본이 되는, 마을을 지켜주는 신들이다. 마을 가운데에 있건 뒤에 있건 느티나무는 신성한 것으로 여겨 모두 경외감을 가지고 대한다. 정월 풍물굿을 할 때에도 제일 먼저 당산굿을 친다. 당산제는 섣달그믐 밤에 지낸다. 덕치면 물우리와 구담리에는 당산제를 지낸 흔적이 뚜렷이 남아 있다.

물우리는 강 건너에 높은 회문산이 자리를 잡고 있는데, 마을의 모든 집들이 이 회문산을 마주하고 서쪽으로 머리를 두르고 앉아 있다. 아침에 일어나 문을 열면 회문산이 버티고 있어서 숨이 턱 막힐 지경이다. 그래서 사람들은 동네 앞에 조그마한 동산을 만들고 그곳에 참나무와 느티나무를 심어 가꾸었다. 그 동산이 명당이라면 반드시 갖추고 있어야 할 안산인 셈이다. 숨 막히게 압도하는 앞산 앞에 조그만 동산을 만들고 숲을 조성하여 사람들의 눈길을 그곳으로 유도했던 것이다. 그곳에 얼마 전까지만 해도 몇 아름 되는 상수리나무가 있었는데, 고목이 되어 죽었다. 물우 마을은 마을의 형식을 완벽하게 갖추고 있다. 좌청룡에 해당되는 산자락이 마을의 왼쪽 끝까지 내려와 있고, 마을의 오른쪽 우백호에 해당되는 허전한 곳에는 아주 모양 좋은 소나무들을 심어 마치 그 소나무들이 호랑이 등처럼 보인다. 북쪽에서 불어오는 북풍한설을 이 소나무숲이 막아주기도 하니, 완벽한 형식을 갖춘 마을이라 할 수 있다.

마을 앞동산에 있는 여러 그루의 느티나무 중 가장 큰 나무 아래에는 제단으로 사용하는 넓적한 돌이 있다. 아주 큼직하고 제상 구실을 제대로 할 수 있는 돌이다. 거기에 섣달그믐에 장만한 떡이나 과일, 돼지머리 등을 놓고 제사를 지낸 다음 옆에 있는 커다란 묘 비슷한 것에 돼지머리를 파묻고 다듬돌만한 돌로 눌러둔다. 돼지머리를 묻어두는 이 가묘는 구담리와 물구지 마을에만 남아 있다. 이러한 당산제 풍습은 덕치면 일대에서 흔히 보였는데, 구담리에도 그 흔적이 뚜렷이 남아 있다. 몇 년 전까지도 당산제를 지냈다는 구담마을은 이제 그 흔적조차 희미해지고 있다.

당산나무는 오랜 세월 동네를 지켜주고 사람들의 소원을 들어주는 신성한 존재로 여겨졌기에 누구도 함부로 하지 않는다. 아무도 당산나무의 죽은 가지 하나라도 집어다가 부엌 아궁이에 넣지 않는다. 실지로 우리 동네 뒷산 당산나무는 한 500년쯤 되었는데 그 아래에 지금도 옛날에 공을 들인 흔적이 남아 있다. 종환이 형님 어머니가 그곳에서 공을 들여 종환이 형님의 동생을 점지받았다고 한다. 마을 뒤 당산나무는 문씨 일가 땅에 있는데, 몇십 년 전에 그들이 베어 팔려고 했지만 동네 사람들의 반대 때문에 끝내 베지 못했다. 느티나무가 아니더라도 큰 나무는 모두 신성시했다. 내가 근무하는 덕치초등학교의 소풍날이나 운동회 날에는 꼭 비가 오는데,

옛날 어느 교장 선생님이 운동장가에 있던 큰 은행나무를 팔기 위해 벨 때 구렁이 한 마리가 같이 베인 후로 학교에 무슨 큰일만 있으면 비가 온다고 했다. 이런 이야기는 수도 없이 많은데, 모두 큰 나무들이 지닌 신성함을 나타내주고 있다.

뒷산이나 동네 구석진 곳에 있어서 사람들과 그리 친하지 않은 나무도 있지만, 동네 가운데나 전망 좋은 곳에 있으면 동네 사람들과 친할 뿐만 아니라 그 풍치를 보아서 정자를 세우기도 한다. 가난한 마을에선 정자 대신 그 밑에 넓적넓적한 돌을 가져다놓고 낮잠 자고 앉아 놀고 쉴 수 있는 자리를 만들었다. 느티나무 아래에선 여름 내내 온갖 일들이 다 벌어진다. 제일 처음 있는 일이 단옷날 행사다. 단오쯤 되면 이제 느티나무 잎이 우거질 대로 우거져 그 모양이 무척 풍요롭다. 단옷날 그 나무그늘 아래에서 씨름대회, 그네뛰기, 강 건너로 돌 던지기, 들독 들기 등이 벌어졌다. 동네 사람 모두가 참여하는 이 단오 행사는 마지막에 가서는 대동놀이, 풍물굿으로 막을 내리는데 저녁 늦게까지 판을 벌일 때도 있었다.

단오 때뿐만 아니라 여름 내내 이 느티나무 아래에는 늘 사람들이 북적거려 온갖 놀이와 싸움과 고함 소리가 끊이지 않는다. 숱한 동네 대소사가 여기서 발생하고 여기서 마무리된다. 느티나무 아래의 민주주의는 대단한 것이어서 마을마다 그 역사가 끝도 없이 깊고도 깊다. 서양식 민주주의는 의회 민주주의다. 서양식 회의는 그 형식이 간단하고 어떤 일이든 쉽게 끝이 나지만, 이 느티나무 아래에서의 '한국적 민주주의'는 끝이 없을 뿐만 아니라 때로 지루하기까지 하다. 예를 들어 누군가 느닷없이 마을의 어떤 일을 문제화하여 제기하면 그날 낮 동안 사람들은 그 문제를 가지고 싸우고 떠들고 고함친다. 지치고 일 나갈 때쯤이면 그 문제는 슬그머니 사라지고 만다. 그렇다고 그 문제가 저 앞 강물처럼 흘러가버린 것은 아니다. 사람들 마음속 어느 구석진 곳에 자리잡고 잠자다 또 꿈틀거리면 현실로 돌아온다. 시간이 흘러 또 어느 날 누가 그 이야기를 꺼내면 또 자기 나름대로 그동안 생각해두었던 의견들을 표현하느라 고함지르고 떠들고 싸운다. 그러기를 몇 차례 하다보면 저절로 사람들 마음속에서 그 해결책이 생겨 몇 달 후 혹은 일 년 후 자연스럽게 끝이 난다. 하다못해 돼지 한 마리를 잡아먹자는 데도 한 달 시간이 가야 돼지 멱따는 소리가 들린다. 이것이 한국적인 느티나무 민주주의다.

느티나무 아래 제일 높은 상석은 대개 제상 겸 동네 제일 어른이 앉는 자리다. 그 자리에는 아무도 앉지 않는다. 우리 동네 상석에는 늘 문치중 할아버지가 하얀 머리에 상투를 틀고 허연 수염을 휘날리며 앉아 계시곤 했다. 거기에 의젓하게 앉아 동네 사람들 싸움을 말리고 시시비비를 잘 가려주셨다. 느티나무 아래엔 또 들독이 있었다. 들독은 어른들이 들어올리는 큰 들독과 작은 들독이 있어 늘 들독 들기 시합이 벌어지곤 했다. 천담리 느티나무 아래에 오래도록 들독이 있었는데 지금은 보이지 않는다. 우리 장산 마을에도 들독이 두 개 있었다. 이제 여름이 되어도 어른들도 아이들도 없어서 그 들독을 잊고 지낸다. 어느 날 내가 갑자기 생각이 나서 찾아보다가 작은 들독만 찾아 우리 집에 가져다놓았다.

우리 동네 느티나무에는 옛날에 배를 묶어놓기도 했다고 한다. 느티나무 바로 앞이 뱃마당인 걸 보면 틀림없이 그랬을 것이다. 뱃마당 저 건너 물가에 두루바위가 있는데 그 두루바위 맞히기 돌팔매질 시합을 하곤 했다. 제일 멀리 던지는 사람이 문수씨였는데 강 건너 복두네 밭 아래 강길까지 나갔다. 대단한 돌팔매질이었다. 이 돌팔매질 연습은 정월에 이웃 신촌 마을과 돌싸움을 하기 위한 준비 운동이기도 했다.

다시 천담리로 돌아가자. 천담리의 본래 이름은 '내인'이다. 지금도 어머니는 '내인 고모네 집'이라고 부르신다. 내인은 아마 '내안'이라는 말이 변해 그렇게 불렸을 것이다. 내인은 앞내가 활등같이 굽어 마을을 감싸며 돌기 때문에 붙여진 이름이다. 멀리 휘어진 활등 안에 마을이 있다. 내인은 한 40여 가구가 사는데 논밭이 상당히 많지만 늘 물을 앞에 두고 목말라하는 안타까움을 떨치지 못하는 마을이다. 논 모두가 천수답인 탓이다. 그래서 옛날에 날이 가물 때 천담 사람들 보고 "어디 산다요" 하고 물으면 "내인 사요" 하며 축

처진 목소리로 힘없이 고개를 떨구며 대답을 했고, 비가 흡족히 올 때 어디 사느냐고 물으면 논두렁을 풀쩍 뛰어오르며 "천담 살제 어디 살아" 하며 배짱을 튀기곤 했다고 한다. 요즘은 섬진강을 막아 물을 끌어다 양수해서 농사를 짓기 때문에 논두렁에 올라설 일도, 힘없는 목소리로 내인 산다고 할 일도 없어졌다.

천담은 아름답고 평화로운 마을이다. 평화롭고 넉넉하고 아름다운 마을일수록 사람들이 사는 모습도 아름답다. 어른들 말에 의하면 좌도 농악이 천담리에서 발생했다고 한다. 지금도 천담 사람들 앞에서는 농악 가락을 함부로 뽐낼 수 없다. 어쩐지 천담 마을에서 농악을 할 땐 긴장이 된다고 한다. 몇 년 전에 전주에서 문화패들이 우리 고모부 환갑잔치 때 굿을 하러 갔는데, 동네 어른들 모두 굿가락 장단이 대단했다. 옛날 천담 마을 앞 동네인 '돌무덤'이라는 마을에 김문식씨라는 상쇠가 있었는데, 그분이 이 근동의 마지막 상쇠였다. 나도 그분이 굿판에서 굿을 휘어잡는 막강한 힘을 목격한 적이 있다. 그분은 몸이 작고 곱상하게 생겼는데, 굿복을 입고 굿판에 턱 들어서면 굿판이 꽉 짜이는 느낌을 받곤 했다. 그분도 여기저기 돈을 받고 나가기도 해서 우리 동네에서도 몇 번 굿을 하는 것을 나는 보았다.

천담 마을 앞에는 옛날부터 석장승이 있었다. 그 장승 이름은 동자바위다. 오랜 옛날 천담 마을에 수렵을 해서 먹고살아가는 총각이 있었단다. 그는 매일 산으로 들로 짐승을 찾아 헤매며 사냥에 열중했는데, 어느 하루 뒷산에서 꿩을 발견하고 화살을 날린다. 그 화살이 꿩의 꼬리 부분을 꿰뚫은 채 천담리 앞 뱃마당 나루 건너에서 나물 캐던 처녀 앞에 떨어졌더란다. 꿩을 뒤쫓아 뱃마당을 건너온 총각은 꿩을 찾아 두리번거리다가 처녀 앞에 떨어져 있는 꿩을 발견하고 집어올리다가 파랗게 질려 있는 처녀를 보고 얼어붙은 듯 그 자리에 서고 만다. 처녀의 빼어난 미모와 자태는 선녀가 하강한 듯 그 둘레가 환할 정도였기 때문이다. 그 처녀는 돌무덤에 살면서 산채를 캐고 약채를 캐며 살아가고 있었는데, 둘은 서로 눈이 마주치는 순간 불길 같은 연정을 느낀다. 그날부터 둘은 섬진나루를 사이에 두고 서로 그리움을 불태운다. 그러던 어느 날 총각이 처녀를 만나기 위해 강을 건너려고 할 때 갑자기 맑은 하늘에 뇌성벽력이 일어나고 일진광풍이 일어 도저히 강을 건널 수 없었다. 어쩐 일인지 이 사냥꾼이 강을 건너고 할 때마다 이상한 일이 벌어져 서로 만날 수 없게 되자 둘은 끝내 상사병으로 죽고 말았다고 한다. 총각과 처녀가 똑같은 날 죽었는데, 그날 밤 천지가 진동하고 광풍이 일어 마을 사람들은 두려움에 떨며 밤을 뜬눈으로 새웠단다. 날이 밝자 총각이 살던 마을 앞에 생시의 총각 모습을 닮은 동자바위가 생겼고, 두꺼비나루 건너에는 동자바위와 마주 보이는 곳에 여자를 상징하는 바위가 생겼다.

그후 부부간에 공방살이 들 때는 남자가 여자를 싫어할 경우 동자바위에서, 여자가 남자를 싫어할 때는 여인바위에서 돌을 쪼아 가루를 만들어 상대방 몰래 음식에 섞어 먹이면 공방살이 풀린다는 전설이 전해져 공방살이 낀 부녀들이 돌을 쪼아 가는 일이 근래까지 행해지고 있다. 천담에서 바라보는 강 건너 여성을 상징하는 바위에는 실지로 여성의 성기를 닮은 샘이 있었다. 하지만 도로 확장공사로 없어지고 말았다. 작년까지만 해도 천담 마을 앞에는 동자바위가 있었는데 어느 날 기행팀과 함께 가보니 그 동자바위를 누가차로 실어갔다고 해서 크게 놀랐다. 전설은 아름답고 애달프다. 더구나 강을 사이에 둔 전설은 흐르는 강물로 인하여 더욱 애달프다.

이 이야기는 전해내려오는 이야기다. 실지로 그 동자바위를 보면총각 같지 않다. 그렇다고 애틋하고 애달픈 모습을 하고 있지도 않다. 그 동자바위의 얼굴은 삼각형으로 너부데데하게 생겼으며 매우음흉해 보인다. 음흉해 보이다 못해 천연덕스러운 음탕함을 간직하고 있는데 그 모습이 매우 낙천적이며 해학적이다. 금방 과부 방에서 나오다가 들켜 계면쩍어하면서도 매우 흡족해하는 모습이다. 아마 코가 뭉툭하고 아래턱이 매우 넓적해서일 것이다. 사람들의 말에 의하면 그 동자바위 아랫도리에 성기가 달려 있다고 한다. 난 확인해보지 못했다. 지금 없어진 부분은 머리 윗부분이며 아랫부분은그냥 땅속에 묻혀 있다. 사람들이 어찌나 극성스럽게 코를 쪼아 갔던지 동자바위의 코는 납작하다. 강 건너 샘의 모습은 확실하게 기억하지 못한다. 동자바위는 어디에서나 볼 수 있는 석장승의 모습을 훨씬 뛰어넘은, 매우 단순하고 독특한 바위였다.

　섬진강 마을 사람들의 삶은 강물을 닮았다. 어느 마을을 가나 강과 사는 이야기들이 수없이 많다. 그들의 삶 이야기가 전설이 되고 신화가 되었다. 강에 몸을 적시고 강물 소리를 듣고 사는 사람들의 마을 문화는 소박하고 조촐하며 순박하다. 꾸민 듯 꾸민 것 같지 않은 농민 공동체 문화는 말 그대로 자연이었다.

섬진강가
십 리 꽃길

    나는 1990년부터 91년까지 2년에 걸쳐 우리 동네에서 천담 가는 길까지 강길을 50분을 걸어 출퇴근을 했다. 강은 두 개의 활 끝을 이어놓은 것같이 굽어 있었다. 숫자 '3'처럼 생겼다. '3'자의 이쪽 끝에서 저쪽 끝까지 길이가 4킬로미터다. 한 굽이가 끝나는 곳이 살바위였다. 물이 무섭게 부서지는 곳이다. 비가 와서 물이 불어났을 때 이 굽이에서 물이 부서지는 것을 보고 있으면 머릿속이 하얗게 어지러워질 정도로 물은 무섭게 부서지며 쏜살같이 흘렀다. 아침마다 10리를 걸어다니기란 그리 쉬운 일이 아니었다. 지프나 타이탄 트럭, 봉고차는 힘들게나마 지나갈 수 있었지만 승용차는 다니기 어려운 이 길은 사람들의 발길이 닿지 않은 묵은 길이었다. 봄부터 가을까지 나는 이슬에 젖은 옷을 학교에 가서 갈아입곤 했다.

'3'자의 저쪽 끝 강 언덕에 천담분교라는 아주 작은 학교가 있었고, 나는 그 작은 학교에서 2학년 세 명, 5학년 네 명, 총 일곱 명을 가르쳤다. 지극히 평화롭고 한가한 학교였다. 그러나 두 학년을 한 교실에서 가르치는 것은 벅차고 힘든 일이었다. 한 교실에 두 학년을 두고 가르친다는 것은 교육을 하지 말라는 것과 똑같았다. 한마디로 교육을 팽개쳐둔 것이나 마찬가지였다. 그렇잖아도 열악한 여건 속에서 이런 복식수업이 실시되는 학교는 말 그대로 교육의 사각지대다. 나는 부임한 지 몇 달이 지나 학부형들을 설득해 이 분교를 본교와 통폐합시켰다. 그러나 내겐 출퇴근하며 걷던 그 강변의 10리 길이야말로 천국의 길이었다. 나는 그 강길 10리를 오간 2년을 평생 잊지 못할 것이다.

강길은 응달이었다. 가을부터 이른 봄까지는 햇빛이 들지 않았다. 서리가 하얗게 깔려 저녁나절이 되어도 녹을 줄 몰랐으며 눈이 한번 오면 봄이 되어야 녹았다. 동네 사람들이 "춘삼월 봄바람 불어야 저 저리소에 눈 녹는다"라고들 했는데, 그 길이 바로 그곳이었다. 강길 아래의 소를 저리소라 불렀는데, 용조 형과 윤환이가 쑤기를 놓던, 아주 좋은 쑤기 터가 길 아래에 있었다. 그 위의 산을 동네산이라고 싸잡아 불렀다. 그 산엔 큰골, 작은골, 수두렁책이, 뛰엄바위, 홍두깨날망이 있다. 큰골 중턱엔 동네에서 유명한 샘이 하나 있었다. 물이 마른 적이 없는 이 샘은 봄날 나무꾼들이나 나물을 뜯는 사람들의 목을 축여주는 유일한 옹달샘이었다. 비가 조금만 와도 이 샘의 물은 산 아래 길까지 철철 넘쳐흘렀다. 이때 사람들이 그 물에서 목욕을 했는데, 땀띠가 있을 때 목욕을 하면 땀띠가 없어졌다. 땀띠 잡는 이 찬샘에서 흘러나오는 물로 나도 목욕을 많이 했다. 그리고 더러 내 안사람도 목욕을 했다. 내가 망을 봐주고. 이 찬샘뿐 아니라 이곳 이 동산에서 나오는 물은 모두 차가웠다. 비가 오면 이 산 곳곳에서 물이 철철 흘러내리는데, 물이 어찌나 차가운지 길에 온통 뿌연 안개가 서린다.

봄이 되어 저리소에 눈이 녹고 햇빛이 돌아오면, 산 위엔 진달래꽃이 붉게 산에 불을 질렀다. 바위 난간이나 바위 틈틈이 핀 진달래꽃은 나를 느릿느릿 걷게 만들었다. 나는 그제야 진달래가 응달에 많이 핀다는 것을 알았다. 진달래꽃이 지고 나면 하얀 조팝나무꽃들이 철쭉과 어울려 눈부시게 피어났다. 철쭉꽃은 길 아래 강가 커다란 바위 사이에서 피어났다. 무더기로 피어나는 철쭉꽃은 물에 어리어 강물까지 붉게 물들였다. 철쭉꽃이 지고 나면 찔레꽃이 피어 흰 무명띠처럼 강길을 휘돌아 감았다. 내가 걷는 길가에는 봄부터 가을 끝까지 온갖 풀꽃들이 피었다. 눈이 오는 겨울이면 산과 산 사이로 하얀 눈송이들이 날렸고, 나뭇가지에는 서리꽃이 피었다. 작은 새들이 날고 오리들이 강물에서 놀았다. 나는 그 꽃들을 사진으로 찍어놓기도 했다. 나는 어떻게 학교에 가고 어떻게 집에 오는 지도 모르게 자연에 빠져 그 길을 오갔다. 그렇게 걸어서 오가는 2년 동안 나는 그 길에서 사람을 한 명도 보지 못했다. 이따금 트럭이나 지프차가 지나갈 따름이었다.

봄에 피는 꽃들은 저물녘에 눈부시게 빛났으며, 가을에 피는 꽃들은 아침햇살에 영롱했다. 들국화만 해도 대여섯 종류가 있었고, 제일 늦게 피는 들국화는 하얀 눈 속에서 피어나 시들지 않았다. 하얀 눈을 쓰고 있는 흰 꽃은 신비로웠다. 사람이 알고 있는 자연은 얼마나 미미한 것인지. 그 길에서는 뻐꾹새가 뻐꾹거리며 이 산에서 저 산으로 날아갔고, 산딸기가 지천에서 익어갔다. 아침이면 나는 길섶에서 산딸기를 대충 크고 좋은 것만, 손에 얼른 닿는 것만 따먹으며 학교에 갔다. 집에 올 때는 아예 산딸기 곁에 앉아 쉬며 배가 부를 때까지 먹었으며, 그래도 시간이 남으면 도시락을 씻어 딸기를 가득 담아 집에 가지고 갔다. 나 혼자 먹기엔 딸기가 너무 많았다. 때로 친구들을 불렀지만 그들은 늘 바쁘다고 했다. 그 대신 새들이 날아와 저만큼에서 나랑 같이 딸기를 먹었다. 새들이 날아와 딸기를 먹고 내가 날마다 배가 부르게 따먹어도 딸기는 늘 그만큼 빨갛게 익어 있었다. 산딸기는 종류도 여러 가지가 있고, 익는 시기도 다 달랐다. 이른 봄부터 초가을까지 이런저런 딸기들이 산속에서, 들길에서, 논두렁에서 열렸다. 여름철이 되면 풀이 내 키를 넘게 자랐다. 나는 반바지 차림으로 나뭇가지를 하나 꺾어 들고 풀잎의 이슬을 털며 학교에 갔지만, 늘 바지가 흠뻑 젖었다. 특히 싸리꽃이 피는 초가을에는 싸리나무 가지가 능청능청 휘어져 이슬을 잔뜩 머금고 길을 막는 바람에 옷이 다 젖었다. 싸리꽃이 피는 그 꽃길은 아름다웠다.

아침에는 뜨는 해를 머리에 이고 학교에 갔으며 집에 갈 때는 지는 해를 이마로 받으며 다녀야 해서 여름철엔 출퇴근길이 여간 고역이 아니었다. 그럴 땐 나뭇가지를 꺾어 얼굴을 가리고 걸었으며, 더우면 윗옷을 다 벗고 더 더우면 팬티만 입고 걸었다. 그래도 더우면 가방 속에 늘 가지고 다니는 비누와 수건을 꺼내 들고 강에 들어가 미역을 감거나 날이 가물어 강물이 적고 더러우면 길가 곳곳에 있는 옹달샘 물을 퍼 몸에 끼얹곤 했다. 비가 많이 오면 산에서 쏟아지는 작은 폭포들이 많아 그 아래에 앉아 물을 맞으며 놀았다.

길에는 온갖 꽃들이 끊임없이 피고 졌다. 겨울엔 나뭇가지마다 하얀 서리꽃이 피었다. 며느리밥풀꽃도 많이 피었다. 며느리밥풀꽃은 분홍빛인데 입을 벌리고 혀를 내민 모양이다. 그 혀 위에 아주 작은 밥티 같은 것이 얹혀 있다. 그것을 보고 사람들은 밥풀이라고 했다. 옛날 어느 가난한 집에 갓 시집온 새악시가 있었단다. 어느 날 저녁밥을 하다가 불이 시원치 않아 밥이 잘됐는지 확인하기 위해 솥뚜껑을 열고 밥알 하나를 집어 입에 막 넣으려는 순간, 하필이면 독살스러운 시어머니가 그걸 보았단다. 아니, 밥을 하다 말고 밥을 훔쳐먹다니, 시어머니는 그길로 며느리를 내쫓아버렸다. 그 이듬핸가 그 며느리가 묻힌 무덤가에 꽃이 피었는데, 사람들이 그 꽃을 며느리의 죽은 넋으로 여겨 며느리밥풀꽃이라는 슬픈 이름으로 부르게 되었단다. 아무리 작은 꽃이라도 다 이야기를 한 가지씩 가지고 있다. 어머니는 늘 내가 무슨 꽃 하면 그 꽃에 대한 전설을 이야기해주시곤 했는데, 이 며느리밥풀꽃도 어머니께서 들려주신 이야기다. 농사를 짓고 사는 사람들은 자연에서 일어나는 일들을 자기의 이야기로 가져와 갈고 다듬어 전해주었다.

길에는 달개비꽃, 취나물꽃, 마타리꽃, 고마리꽃, 물봉선화, 들국화, 온갖 꽃들이 가을 끝까지 피고 졌다. 여름이 되면 꽃이 조금 뜸해진다. 산나리꽃, 칡꽃이 피었고 여름방학이 끝나고 나면 온통 가을꽃들로 가득했다. 작년엔 많이 피었던 꽃들이 올해엔 잘 피지 않았으며, 작년에 보지 못했던 꽃들이 올해 피어나기도 했다. 꽃들은 어느 날 문득 피어 나를 놀라게 했고, 내 발길, 내 맘을 사로잡았다. 내게 가장 인상 깊은 꽃은 산수국이었다.

어느 날 학교 가는 길에 나는 목이 말랐다. 목이 말라 늘 물을 마시던 옹달샘으로 바삐 가고 있는데, 꼭 누군가 뒤에서 자꾸 나를 부르는 것도 같고, 옷깃을 잡는 것도 같았다. 나는 걸음을 멈추었다. 그리고 물소리가 나는 곳을 찾았다. 물소리는 길섶 풀이 우거진 곳에서 들렸다. 나는 아주 작은 소리로 졸졸거리는 물소리가 들려오는 풀섶을 헤쳐보았다. 거기 보라색 산수국이 피어 있었다. 아! 그 꽃을 보는 순간 나도 모르게 탄성이 절로 나왔다. 나는 그 꽃에 금방 반하고 말았다. "아, 네가 날 불렀구나. 날 불렀어." 나는 가만히 산수국을 들여다보다가 산수국 작은 나무 주변의 바위 위에서 떨어지는 물을 손으로 받아먹었다. 학교 가는 것도 잊고 한참 동안 꽃을 들여다보고 앉아 있었다. 그후로도 나는 그곳을 지날 때면 꼭 누군가 나를 가만가만 부르는 것도 같고, 옷소매를 잡아당기는 것도 같은 느낌을 받았다. 지금도 눈에 선한 그 예쁜 산수국, 그 꽃.

　가을 끝까지 날이면 날마다 길 양쪽에 피어나는 풀꽃들은 내가 가는 길을 환하게 열어주었다. 그 꽃길까지 아내가 가만가만, 딸그락딸그락, 자갈길을 걸어 마중을 나오곤 했다. 나는 풀꽃을 한 주먹 꺾어 마중 나온 아내에게 건네주었다. 비가 와 할 일이 없는 날, 아내는 우산을 들고 그 호젓하고 적막한 길을 따라 멀리까지 마중을 나왔다. 그리고 꼭 안아달라고 했다. 어떤 때는 민세, 민해를 데리고 오기도 했고, 또 어떤 때는 어린 민세와 민해, 그리고 그보다 조금 나이가 위인 동네 아이들이 도란도란 마중을 나오기도 했는데, 어느 날은 요것들이 너무 늦게 출발해 날이 조금 어둑해졌던 모양이다. 네 살배기 민해가 무섭다고 울다가 나를 만나자 "무서워 아빠, 무서워" 하며 안기기도 했다. 아, 우산을 쓰고 가만가만 멀리 강

굽이 길에 그림같이 나타나던 아내, 물소리처럼 졸졸졸 떠들며 마중 오던 내 아이들, 마치 영화 속 한 장면 같았다. 아름다운 강길이었고, 한가하고 평화로운 날들이었다. 물이 강굽이를 돌아오고, 물소리가 그 뒤를 따라왔던 그 굽이진 길들이 내겐 자연학교였다.

국화꽃이 시들기 시작하면 강을 사이에 둔 양쪽 산엔 형형색색으로 단풍이 들어 강을 현란하게 물들였다. 강가의 억새는 지는 해를 받아 눈이 부셨으며, 강물에 떨어진 노을은 내 이마를 비추며 내 마음도 환하게 물들여주었다. 저 멀리 앉고 서고 누운 산들. 아, 산은 내게 늘 신비로움이었다. 때론 나보다 산이 작아졌으며, 때론 나보다 너무 컸다. 산들은 나를 가만가만 뒤따르다 내가 뚝 멈추면 산도 따라 뚝 멈추었다. 아침저녁, 밤낮, 안개 속, 비 오는 산, 산들은 시시각각 때때로 다 달라 보였다. 산은 늘 다른 모습으로 다가왔다. 볼 때마다 다른 얼굴의 산은 내게 늘 경이로움이었다. 겨울이 되어 작은 잡목들 아래 낙엽이 쌓인 산은 깨끗했고 차고 맑았다. 그 낙엽 위로 다람쥐들이 바스락거리며 지나다녔다. 해가 저물면 검은 산속에서 나를 부르는 것 같은 억새의 손짓은 나를 숨 막히게 했다. 길가에도 억새가 억세게 많았다. 아침에 학교 갈 때 억새는 이슬이나 서리로 손을 오므리고 있다가 해 저물어 퇴근할 때쯤이면 어김없이 두 손을 쫙 펴고 하얗게 나를 불렀다.

겨울이 되면 내 길엔 햇빛이 사라졌다. 남쪽을 향한 산이 길을 가려 응달이 되어버린 탓이다. 아침저녁으로 냉기가 감도는 길이 되었다. 눈 오는 날이 많은 이 강변은 늘 내게 아름다운 서정을 보여주었다. 산과 산 사이로 하얗게 내려 강물로 겁 없이 사라지는 눈송이들을 맞으며 나는 걸었다. 강물 위로 나온 바위에 소복소복 눈 쌓인 모양이 거울 같은 맑은 강물에 거꾸로 비치는 모습은 그림이었다. 그 고요와 적막함, 깨끗함, 눈이 쌓인 돌 그림자들은 나에게 세상의 깊이를 더듬게 했다. 그 적막과 고요를 바라보고 있노라면 내 안 깊은 어느 곳에서 슬픔이, 기쁨이, 생의 아름다움이 물결쳐 왔다가 사라졌다.

. . .

나는 그 길 어딘가에 똥을 싸곤 했다. 아침밥을 먹고 나설 때는 아무렇지 않던 배가 동네를 조금 벗어나 마을이 보이지 않는 곳에 이르면 느닷없이 움직이기 시작했다. 그러나 아무 곳에나 그걸 떨어뜨릴 순 없었다. 한적한, 아니 안전한 곳을 찾아 한 굽이를 돌아가야 마을이 완벽하게 보이지 않았다. 동네에서 제일 높은 곳에 지은 윤환이네 집 뒤란 감나무가 완전히 보이지 않는 곳까지 부지런히 걸어가 아무 곳에서나 일을 추렸다. 어느 날 그렇게 내가 늘 일을 보던 그곳까지 왔는데도 배가 조용해서 오늘은 왜 이러지 했는데, 조금 더 가니 이런! 갑자기 배가 뒤틀리고 난리가 나기 시작했다. 급했다, 나는. 너무 급해서 안전한 장소를 찾을 시간이 없었다. 하는 수 없이 그냥 걷던 자리에서 일을 보았다. 이런 제길, 이런 일은 없었는데, 사람이 올 리는 만무하지만 그렇다고 어른인 내가 길 가운데 앉아 볼일을 보다니, 이거 산이나 강이나 다람쥐나 오리나 새한테 체면이 안 섰다. 그러나 어쩐단 말인가. 나는 길바닥을 내려다보며 시원하게 일을 보고 말았다. 난감했다. 이걸 어쩐다. 에라 모르겠다, 사람들이 다니는 것도 아니고. 나는 적당한 넓이를 가진 돌을 하나 주워 그걸 덮었다. 다행히 그것은 완전히 덮였다. 그러고는 출근길을 서둘렀다. 잊어버리고 있다가 퇴근길에 다시 그 장소에 다다른 나는 정말 놀라고 말았다. 세상에 왜, 아니 왜, 누가, 왜, 도대체 왜, 그것을 덮어둔 돌을 뒤집어놓았단 말인가! 길에서 볼일을 본 것보다 더 큰 일대 사건이 아닐 수 없었다. 나는 상상하기 시작했다. 그리고 상상의 끝에 이르렀다. 그곳은 약간 비탈진 곳이었는데, 어떤 초보 운전자가 조수석에 한 놈을 태우고 비탈길을 오르다가 시동이 꺼져 차가 후진하자 조수석에 탄 놈이 차에서 얼른 뛰어내려 뒷바퀴에 받칠 돌을 집는다는 게 그만 그것을 덮어둔 돌을 집어든 것이 아닐까. 그때 그 일을 생각하면 지금도 우습다.

　나는 때로는 길가 바위 위에 날름 앉아 강 쪽으로 그 물건을 떨어뜨리기도 했는데, 그때 강바람이 불면 뒷동네(?)가 시원하곤 했다.

멋진 '일'이었다. 전주 온다라 화랑에서 열린, 광주에 사는 김경주의 그림 전시회 때 황지우랑 곽재구에게 그 일 이야기를 했더니, 어느 가을날 지우와 재구가 화장지를 듬뿍 사가지고 우리 집에 와서 어머니를 놀라게 한 적도 있었다. 그렇게 한가하게 앉아 산천경개를 바라보며, 온몸으로 산천의 정기를 받고 느끼며 뒤를 볼 때는 오만 가지 생각이 다 들었다. 조국의 통일과 민주화, 썩어가는 강물과 학교와 죽어가는 인간성과 내 앞에 피는 꽃과 뜨거운 햇빛과 시원한 바람과 연애와 사랑과 가족과 나쁜 놈들과 좋은 놈들과 못된 선생들과 좋은 선생들…… 아, 그러다가 눈이라도 내리면! 엉덩이에 떨어지는 차가운 눈송이, 내 코앞에 떨어지는 하얀 눈송이. 세상은 평화로웠다. 산, 물, 나무, 풀, 꽃, 떨어지는 똥덩이. 어떤 때는 그 일을 잊고 나뭇가지를 주워 내 코앞 땅을 헤집느라 시간 가는 줄 모를 때도 있었다. 완벽하게 안전한 그 한가로운 일 보기, 나는 지금도 그때의 내가 부러울 때가 있다. 똥 이야기가 나왔으니, 그에 관한 이야기를 하나 하고 넘어가자.

옛날 우리 동네 강도래미라는 산에 강장군이라는 사람이 살고 있었다. 그 산에서 마주 보이는 성미산에는 성장군이라는 사람이 살았더란다. 그런데 이 성미산 성장군이 아침마다 강도래미 강장군에게 큰 소리로 "야, 강도래미 강장군아! 내 똥 빨아묵어라" 하며 강장군의 단잠을 깨워 엉덩이를 강도래미 쪽으로 들이대고는 꼭 그

짓을 하더란다. 몇 번을 참은 강도래미 강장군이 참다 참다 하루는 "요놈 내일 아침에 한 번만 또 그 엉덩짝을 까고 내 쪽으로 그것을 떨어뜨리기만 해봐라" 하고는 활을 준비해두고 잠을 잤다. 그 이튿 날 아침이 되자, 아니나 다를까 성장군이 또 "야, 강도래미 강장군 아! 내 똥 묵어라" 하며 고함을 치더란다. 이에 강장군은 활을 가지고 나가 성장군의 엉덩이를 향해 화살을 날렸다. 화살은 정통으로 성장군의 엉덩이에 꽂혀 성장군은 그만 낭떠러지 아래 똥 위로 떨어져 죽었다고 한다.

사람이 똥을 싸고 그 똥은 자연히 썩고 삭아 자연으로 돌아가 자연을 키워야 하는데, 똥의 순환고리가 차단되고 끊기면서 세상은 꼬이기 시작했다. 자연이 자연스럽게 자연을 받아들이지 못하도록 방해하는 것이 과학이고 편리한 것이고 사람답게 사는 것이라고 생각하는 문화는 큰일을 저지르고 말 것이다. 소변기, 대변기에 볼일을 보고는 그것을 치우는 데 너무 많은 물이 사용된다. 또 똥이 논과 밭으로 가지 않고 흔적도 없이 사라져버린다. 우리 어머니는 똥통에서 똥을 퍼 왕겨랑 섞으면서 "내가 내 똥을 3년만 안 먹으면 죽는다"라는 말씀을 하시곤 했다. 옛말에도 집안이 잘되려면 새 며느리가 똥을 싸도 명덕똥을 싼다는 말이 있다. 똥은 그야말로 삶의 근본이었던 셈이다. 옛날엔 잘사는 집에는 꼭 사랑방을 두었다. 저녁이면 사랑방에 모인 동네 사람들에게 밤참도 주어야 하고 온갖 궂

은일 뒤치다꺼리도 해야 하지만, 사랑방에 모인 사람들이 저녁 내 내 싼 똥과 오줌이야말로 어떤 궂은일도 다 추리게 할 수 있을 만큼 귀한 천연 비료였던 것이다. 내가 길가에 똥을 싼다고 하면 '에이' 하며 돌아서는 이도 있겠지만, 그 똥은 금방 썩어 땅에 스며들었다. 물론 똥이 스며든 땅의 들국화는 더 예뻤을 터이다. 아무튼 나는 전 우주적, 전 인류적으로 생각하고 걱정하며 '내가 지금 똥을 싸는 변소는 되게 넓구나' 하는 생각을 하곤 했다. 하늘 아래 산과 산 사이 강이 흐르는 이 넓디넓고 아름다운 변소여.

어느 여름날이었다. 나는 열심히 이슬을 털며 출근을 하고 있었다. 그런데 강 저쪽에서 병아리 소리 같기도 하고 작은 새소리 같기도 한, 처음 들어본 이상스러운 울음소리가 들려왔다. 길을 가다 가만히 서서 귀를 기울이며 강 건너 풀숲을 바라보았다. 강기슭 풀잎 속에서 작은 파장이 일더니, 이상한 물체들이 이상한 소리를 내고 물결을 일으키며 줄줄이 나왔다. '아니, 저게 뭘까?' 병아리도 아니고, 새도 아니고, 나는 이상해서 눈을 비볐다. 아, 물 위를 헤엄치는 것은 오리였다. 어미오리가 작은 새끼오리들을 데리고 강가 풀숲에서 나오고 있었던 것이다. 그 이상한 새소리는 새끼물오리들의 울음소리였다. 한 열다섯 마리쯤 되어 보였다. 오리가 이 여름에 아직까지 남아 있다니? 놀라운 일이었다. 게다가 여기서 새끼까지 까서 키우다니. 오리는 분명 철새가 아닌가 말이다. 시간이 가면서 오리들은 점점 커갔다. 이따금 사냥꾼들이 총을 가지고 오리를 잡으러 왔지만, 오리들은 참으로 재빠르게 피했다. 제일 무서운 것은 물가에 있는 논이었다. 논에 농약을 뿌리기 때문에 논에 살던 올챙이나 미꾸라지 같은 것이 죽어 내려오면 그걸 먹고 새끼오리들이 죽기도 했다.

오리들은 점점 자라났다. 노란 털이 빠지고 새 털이 나고 죽지가, 날개가, 색깔이 점점 변해가더니 9월쯤 되어서는 강 가운데에 있는 바위 위에도 나타나 퍼덕거렸다. 다른 나라로 간 오리들이 돌아오기 전에 이 오리들은 날갯짓을 하기 시작하더니 금방 푸드덕푸드덕 물을 차고 조금씩 조금씩 강물로 뛰어내렸다. 열다섯 마리가 넘던 오리가 일고여덟 마리 정도밖에 남지 않았다. 오리들은 바위 위로 올라가 날기 연습을 하더니, 금방 제법 멀리 날아갔다. 이윽고 다른 곳에서 자란 오리들이 날아왔다. 다른 오리들이 날아오자 날기 연습을 하던 오리들은 물을 차고 날아올랐다가 차르르차르르 내려앉곤 했다. 신기했다. 어른이 된 오리들이 가을산을 배경으로 푸른 하늘 높이 째째거리며 날아다녔다. 그 오리들이 높이 날자, 다른 오리들도 많이 불어났다. 꽝꽝 계곡이 울리도록 우는 비오리, 청둥오리, 애기 주먹만한 쥐오리, 또 붉은 털이 있는 오리들이 수십 마리씩 날아오르고 강에 내렸다. 안개 사이로 하얀 억새 사이로 눈부신 햇살을 차며 날아오르는 오리떼는 내게 더없는 기쁨이었다.

나는 고등학교를 졸업하고 오리를 키웠었다. 100여 마리나 되는 집오리들이 강에서 놀다 저녁이면 집으로 돌아오는데, 그때 같이 놀던 물오리들이 집오리를 따라 강변을 뒤뚱거리며 따라오다가 뭔가 이상한지 고개를 갸웃거리다 우뚝 멈추고 푸드덕 날아오르곤 했다. 그 무렵 물오리를 잡으려고 냇가에서 잡은 물고기에 낚시를 꿰어놓곤 했다. 오리들이 그 고기를 집어삼키면 낚시에 오리가 걸려 있곤 했다. 그 많던 오리들은 지금 다 어디로 갔는가.

...

나는 2년 동안 천담 가는 그 강길을 걸었다. 그 길에서 나는 자연의 세세한 변화를 조금이나마 이해하고 자연의 신비함을 체득했다. 사람들은 나에게 그 험한 길을 다니느라 얼마나 수고가 많으냐, 고생이 많다고들 염려했지만, 나는 눈곱만큼도 지루하거나 힘든 줄 몰랐다. 그저 순간순간, 계절 계절이 즐거웠고, 행복에 겨웠다. 나에게는 다시 오지 않을 그 10리 길의 걸음걸음을 나는 잊을 수 없다. 내가 가면 늘 지나가던 그 다람쥐는 잘 있는지, 마타리꽃, 다래꽃은 피었는지, 며느리밥풀꽃은, 노루꼬리꽃은…… 지금도 옹달샘을 빙 둘러싸고 피었던 물봉선화와 고마리꽃이 눈에 삼삼하다.

이른 봄 어느 비탈진 산길을 지나는데, 구슬보다 더 작은 돌멩이 하나가 굴러왔다. 땅이 얼었다 녹았기 때문이었을 것이다. 빠시락이었을까, 뽀시락이었을까, 다그락이었을까, 딸그락이었을까. 나는 흙같이 작은 자갈 하나가 굴러떨어지는 소리에 지구가 깨어나고 돌고 있다는 느낌을 받았다. 지금도 참새 가슴이 뛰는 맥박보다 더 미미하던, 그 돌멩이가 굴러가는 소리가 내 가슴을 울리곤 한다. 깨어나고 깨어 있는 것, 그리고 그것을 느낄 수 있는 그 미세한 감정을 나는 사랑했다.

오, 아름다웠다. 봄날의 진달래꽃이여, 건드리면 구린내가 나는 닭의장나무꽃이며, 눈 속에 하얗게 파묻힌 들국화며, 며느리밥풀꽃이나, 고마리꽃, 마타리꽃, 싸리꽃, 철쭉꽃이며, 청명한 가을하늘 높이 날아오르던 오리들의 눈부신 날갯짓이며, 가을바람에 흔들리던 저물녘의 억새들이며, 물소리를 따라가다가 물소리를 잃어버리던 내 발걸음이며, 소리 없이 흐르던 저문 날의 물이며, 늘 나를 따르던 작은 산들이며, 저문 날 강물에 몸을 담근 적막한 산그림자들이며. 아! 이 세상 모든 풀과 나무에 피던 꽃들이며, 그런 것들이 나와 함께 있었던 것이다.

이 세상 모든 풀과 나무에 피던 꽃들 중 내가 다니던 길에 피어나던 풀꽃들의 이름을 사전에서 찾아 여기 적어둔다.

봄

독사풀, 참삿갓사초, 대사초, 큰고랭이, 갯사초, 큰천남성, 넓은잎천남성, 골풀, 은방울꽃, 윤판나물, 애기다리, 애기중의무릇, 삿갓나물, 큰두루미꽃, 죽대, 둥굴레, 용둥굴레, 지장보살, 산자고, 붓꽃, 각시붓꽃, 흰각시붓꽃, 복주머니꽃, 자리공, 원추리, 벼룩나물, 싸리냉이, 쇠뿔꽃, 별꽃, 복수초, 산작약, 할미꽃, 으름덩굴, 괴불주머니, 들현호색, 금낭화, 매미꽃, 나도냉이, 다닥냉이, 돌나물, 달래, 꽃다지, 뱀딸기, 제비꽃, 앵초, 조미나물, 광대나물, 개불알꽃, 씀바귀, 쥐오줌풀, 된장뚝갈, 머위, 자운영, 토끼풀, 솜방망이, 민들레.

여름

부들, 속털개밀, 개밀, 수개밀, 새, 실새풀, 산조풀, 띠, 쌀새, 수크령, 뱀풀, 즘강노지풀, 갯강아지풀, 기름새, 큰기름새, 이삭사초, 갈사초, 삿갓사초, 매자기, 방울고랭이, 반하, 닭의장풀, 좀닭의장풀, 골잎원추리, 왕원추리, 애기원추리, 주걱비비추, 좀비비추, 털중나리, 땅나리, 솔나리, 말나리, 참나리, 중나리, 하늘말나리, 무릇, 상사화, 참마, 범부채, 한삼덩굴, 쐐기풀, 등칡, 가는범꼬리, 가시여뀌, 개여뀌, 며느리배꼽, 며느리밑씻개, 고마리, 쪽, 기생여뀌, 명아주, 칠면초, 나문재, 패랭이꽃, 술패랭이꽃, 대나물, 동자꽃,

촛대승마, 조희풀, 큰꽃으아리, 미나리아재비, 꿩의다리, 애기똥풀, 미나리냉이, 꽃장대, 가는기린초, 바위채송화, 노루오줌, 산수국, 흰바위취, 산짚신나물, 큰뱀무, 양지꽃, 가락지나물, 개쇠스랑개비, 멍석딸기, 붉은가시딸기, 복분자딸기, 덤불딸기, 자귀풀, 황기, 차풀, 낭아초, 참싸리(내가 다니던 길을 양쪽에서 막던 풀. 여름에 피어 이슬을, 비를 담뿍 받다 휘어져 길을 막았다), 칡, 도둑놈의지팡이, 갈퀴나물, 애기나비나물, 털쥐손이, 이질풀, 달맞이꽃, 구릿대, 어수리, 갈잎당근, 만병초, 노루발풀, 큰까치수염, 애기메꽃, 메꽃, 누린내풀, 누리장나무꽃, 자란초, 용머리, 방아풀, 꿀풀, 참뱀차즈기, 애기골무꽃, 꽈리, 며느리밥풀꽃, 흰며느리밥풀꽃, 송이풀, 꼬리풀, 마타리, 가는층층잔대, 모시대, 섬판대, 자주꽃방망이, 더덕, 도라지, 벌개미취, 참취, 박쥐나물, 지느러미엉겅퀴, 엉겅퀴, 큰엉겅퀴, 개망초, 개쑥부쟁이, 등골나물, 금불초, 왕고들빼기, 갯취, 우산나물.

가을

장억새, 물억새, 억새, 갈대, 솔새, 방동사니, 너도방동사니, 왕골, 참산부추, 산부추, 지리바꽃, 여뀌바늘, 돌동부, 용담, 멧용담, 칼잎용담, 꽃향유, 익모초, 박하, 들깨, 돼지풀, 옹굿나물, 가는쑥부쟁이, 쑥부쟁이, 긴담배풀, 산국, 감국, 가는잎구절초, 넓은잎구절초, 키큰산국, 마키노국화, 금떡쑥, 쑥방망이, 큰수리취, 미역취, 고들빼기.

겨울
춘란.

천담은 나중에 이광모 감독이 연출한 영화 〈아름다운 시절〉의 몇 장면으로 촬영되어 남았다. 아이들이 미군 지프를 쫓아가는 그곳을 조금 지나면 바로 딸기가 많이 익는 곳이 나온다. 천담분교 옆에 있는 방앗간이 그 영화에서 창희와 성민이가 미군이 양공주들과 정사를 벌이는 광경을 엿보는 장면에 나온 바로 거기다.

봄, 여름, 가을, 겨울

　땅이 얼었다 녹았다 하기 시작하면서 응달에 잔설이 녹고 햇빛이 좋은 양지쪽에 땅이 뿌옇게 마르면 춘란 꽃대가 올라오고, 지난 겨울 언 땅에서 자란 냉이들이 따뜻해진 흙 위에서 푸른색을 찾기 시작한다. 강가에는 버들개지들이 눈을 뜨고 강변 바위 남향에서는 풀들이 돋아난다. 봄에 일찍 돋아나는 풀들은 모두 나물이다. 나물들도 꽃이 핀다. 쭈그려 앉아 자세히 내려다보아야 눈에 들어오는 이 나물꽃들은 광대살이, 금창초, 주름잎, 양지꽃, 황새냉이, 개불알꽃 등이다. 따뜻한 햇살이 퍼지면 "나 여기 있소, 나 여기 있었소" 하듯 제비꽃이 피고, 눈이 시리게 하얀 봄맞이꽃이 피고, 민들레가 피어난다. 그렇게 땅 가까이 눈물 같은 나물꽃들이 피어나면 섬진강 강마을 여기저기에는 집 안에도 꽃이 핀다. 나이 든 어른들만 사는 낡은 슬레이트 지붕 위로 피어나는 살구꽃을 보면 나는 가슴이 저려온다. 거기 우리의 어버이들이 힘겨운 삶을 살고 있기 때문이다. 꽃도 사람이 있어야 꽃이다. 같이 바라볼 사람이 없는 봄날의 꽃은 얼마나 쓸쓸한가. 강 건너에서 어쩌다 바라보는 인적 드문 마을이나, 차 타고 휙휙 지나치는 마을에 핀 가난 위의 화사한 살구꽃은 눈물 나는 꽃이다.

살구꽃이 피기 전에 구례 산동에는 산수유꽃이 핀다. 구례 산동의 산수유꽃은 꽃이 아니라 꽃의 계곡이다. 나는 말만 '산동 산수유' '구례 산동 산수유' 하는 줄 알았다. 작년에 나는 이병천, 안도현이 식구들과 구례 산동 산수유꽃을 보러 갔었다. 지리산 온천이 자리 잡고 있는 산동은 마치 커다란 소쿠리 속에 노란 물감을 쫙 엎질러놓은 것 같았다. 조그마한 것을 보고 감동을 잘하는 나는 어쩔 줄을 몰랐다.

"세상에 어쩌면 저렇게 꽃 골짜기를 다 만들어놓았을꼬."

논이고, 밭이고, 도랑가고, 텃밭이고, 마당이고 간에 아름드리 산수유나무들이 노란 산수유꽃을 피우고 있었던 것이다. 가까이서 보건, 먼 데서 바라보건 구례 산동 산수유꽃은 내게 놀라움이었다. 그렇게 산수유꽃이 피기 전, 매화꽃이 피는 섬진강을 가본 적이 있는가. 산수유꽃, 매화꽃도 아름답지만, 강물과 기차와 도로가 함께 가는 구례 길 흰 눈빛 같은 조팝꽃은 굽이굽이 진달래꽃과 함께 피어 어찌 그리 강물과 잘도 어울리는지. 가도 가도 진달래꽃이 이어지는 길, 전라도 길은 그래서 서러운 길인지 모른다. 삶도 사랑도 꽃도 너무 아름다우면 서럽다.

구례 지나 쌍계사 지나 하동 갈 때까지 섬진강가는 벚꽃 천지다. 꽃잎이 눈송이처럼 강물로 흩날리면, 아! 그 꽃잎들을 강물이 실어간다. 벚꽃이 지고 나면 또 이 나라 산천에는 어린 날 배고픈 시절 삶의 버짐같이 산벚꽃이 핀다. 겨울 내내 아무런 소식도 없다가 느닷없이 "나 여기 있다" 하며 산벚꽃이 피어 이마를 훤하게 때린다.

악양 들판의 푸른 보리와 강물과 벚꽃은 어찌나 그리도 잘 어울리는지. 악양 들판을 조금 지나면 또 꽃이다. 긴가민가 희미한 배꽃이 섬진강에 날린다. 섬진강에 매화꽃이 있기 전에 배꽃이 있었다. 강가 언덕 배밭에 피는 배꽃을 보지 않고 섬진강의 꽃을 보았다고 말하지 마라. 꽃은 말이 아니고 글이 아니고 상상이 아니다. 꽃은 보아야 꽃이다. 배꽃, 사과꽃, 산벚꽃, 쌍계사 벚꽃 지고 나면 강가에는 철쭉꽃 피고 섬진강 굽이굽이마다 찔레꽃 핀다. 찔레꽃이 피기 전 섬진강변에는 숯불 같은 자운영꽃, 쌀밥 같은 토끼풀꽃이 피어 강변을 덮는다. 해 지면 산그늘 아래 피어 있는 토끼풀꽃, 자운영꽃의 그 서늘함은 청춘 시절 내 정신을 한곳에 머물지 못하게 닦달했다. 자운영꽃, 토끼풀꽃 피어나면 나는 한자리에 앉아 있지 못해 강변을 헤맸다. 그 시절을 떠올리며 나는 이런 시를 한 편 썼다.

소쩍새는 밤을 새워 울고
강물은 내 가슴에 길을 내며 흐르고
방 안에 달빛은 가득하고
내 여자는 없고

_「나는 외로웠답니다」 중에서

풀꽃 핀 저문 강변을 나는 얼마나 헤맸던가. 산 아래 강변에 찔레
꽃이 피었다가 지면 강변 풀밭에는 붓꽃이 핀다. 붓꽃이 피기 전에
강가에 피는 개구리자리 노란 풀꽃은 키가 훌쩍 크다. 마치 아기를
업고 강가에 놀러 나온 내 누이들같이 자태가 고운 이 개구리자리
꽃을 나는 늘 좋아했다. 그 무렵 강가에 사는 아그배나무 흰 꽃도 나
는 참 좋아했다. 붓꽃이 피면 사람들 모내는 손이 바빠지고, 밤꽃이
하얗게 핀다. 밤꽃이 필 때는 꼭 달이 뜬다. 밤꽃 핀 밤, 달빛 아래
서면 박속같이 하얀 산속에서 소쩍새가 울었다.
섬진강의 꽃 중에서 나는 강천산의 산딸나무꽃, 때죽나무꽃, 층
층나무꽃, 이팝나무꽃을 좋아한다. 산마다 계곡마다 꽃잎 같은 새
잎들이 피어 막 푸름으로 변하는 산에 피는 이 하얀 꽃들은, 마치 첫
아이를 낳은 여인처럼 성숙하고 아름다워 보인다. 봄꽃들이 사람들

을 싱숭생숭 어디 마음 줄 데 없이 충동질한다면, 이 꽃들은 세상을 정돈하는 것 같은 서늘함을 준다. 생각해보라. 봄에서 여름으로 건너가는 초록이 버무려진 싱그러운 푸른 숲 위에 하얗게 피어난 꽃들을. 봄꽃 중 마지막으로 피는 꽃이 오동꽃이다. 우리나라 산천이 연두색에서 초록으로 건너가는 그사이 진보라색으로 오동꽃이 피면 꾀꼬리가 노랗게 솟아오르며 운다.

이렇게 몸살처럼 한차례 꽃들이 피었다가 지면 섬진강에 여름이 온다. 여름철엔 꽃이 그리 많이 피지 않는다. 초여름 산에는 자귀나무꽃이 피고, 산속에는 산나리꽃이 피고, 언덕에는 엉겅퀴꽃이 핀다. 초여름에서 여름까지 피는 꽃들은 보라색이 많고, 봄꽃은 흰색과 분홍색이 많다. 산에 피는 봄꽃은 지는 해로 보아야 그 색이 황홀하고, 봄에 피는 강변의 풀꽃들은 산그늘로 보아야 서늘하다. 가을에 피는 풀꽃들은 아침햇살로 보아야 영롱하고, 아침 산그늘을 찾아든 햇살로 보아야 그 빛이 가슴을 파고든다.

이 세상의 모든 나무와 풀 들에는 다 꽃이 피고 진다. 희고 붉고 고운 꽃들이 피는 나무와 풀 들이 있고, 사람들의 눈에 잘 띄지 않는 수많은 풀들도 다 꽃을 피운다. 벼나 보리에 피는 꽃들은 사람들은 '핀다'고 하지 않고 '팬다'고 한다. 봄부터 가을까지 수많은 풀들이 꽃을 피운다. 우리가 많이 보는 강아지풀 같은 것도 벼이삭이 패듯 꽃을 피운다. 봄의 강변에 나가보면 사초死草와 풀 들이 얼마나 예쁜 꽃들을 피우는지 모른다.

　가을이 되면 또 얼마나 많은 풀들이 우리 눈에 잘 들어오지 않게 이삭들을 피우는지. 가을날 아침이슬에 가장 아름다운 풀은 수크령이라는 풀이다. 이 풀꽃에 맺힌 이슬이 가장 영롱하다. 이 세상의 모든 풀과 나무는 다 꽃을 피운다.

　섬진강의 가을은 마타리 노란 꽃, 구절초꽃과 함께 온다. 구절초꽃이 피면 연달아 쑥부쟁이꽃이 피고 온갖 들국화들이 피어난다. 섬진강가에 하얀 들국화가 피면 물기 있는 곳마다 고마리꽃이 피고 물봉선꽃이 피어난다. 구절초, 물봉선, 고마리가 한데 어울려 피어난 모습은 아름답다. 가을인 것이다. 지리산 피아골 가는 길 골짜기마다 다랭이논들을 샛노랗게 익게 하고, 강 언덕이나 강가에는 억새와 갈대가 피어나는 가을인 것이다. 억새와 노란 벼가 익어가는 다랭이논들과 강물과 발광하는 가을햇살과 강가에 키 큰 미루나무가 있는 곳이면, 어디나 아름다움은 극에 달한다. 만산滿山에 홍엽紅葉이라 하지 않았던가. 이 세상에는 꽃보다 아름다운 것이 얼마든지 있다.

　곡성을 지나다보면 강 건너 산허리에 한 그루 느티나무가 있다. 그 느티나무가 새잎을 피우는 모습을 본 적이 있는지. 나는 섬진강 마을마다 동구나 뒷산, 들 가운데, 마을 앞에 있는 느티나무들에 돋아난 새잎을 꽃보다 더 좋아한다. 그렇다. 새잎들이 꽃보다 곱고, 만산에 단풍 물들어 지는 잎들이 또 그러하다.

섬진강에 꽃과 잎 들이 다 지고 마지막 꽃인 샛노란 산국마저 진 후 풀잎들이 핏기 없이 노랗게 서서 겨울바람을 맞으면, 하얀 눈이 산과 산 사이로 내린다. 매화 꽃잎 같은 하얀 눈송이들이 겁도 없이 눈을 뜨고 강물로 내리며 사라진다. 섬진강에 내리는 눈은 눈이 아니라 꽃, 새하얀 꽃잎이다. 강변 마른 풀잎에 사르륵사르륵 눈 내리는 소리는 우리의 마음을 깨우는, 꽃잎이 열리는 소리 같다. 사람들아! 산을 그리며 내리는 하얀 눈송이들을 본 적이 있는지. 그 눈송이들이 뛰어드는 섬진강을 바라본 적이 있는지.

사람들은 늘 꽃을 구경하러 간다. 나도 꽃이고 싶어서, 나도 꽃같이 아름답고 싶어서, 나도 저 꽃처럼 내 인생의 꽃을 피우고 싶어서…… 그래서 사람들은 역사까지 꽃이라 한다. 이 세상에 모든 사람들이 이름이 있듯이, 이 세상 모든 꽃들도 다 이름이 있다. 그러하니 이 나라 산야에 피어 있는 꽃을 보고 이름 없는 꽃이라 말하지 마라.

천담에서 적성까지

    사곡리 남근바위를 구경하고 계곡을 따라 30분쯤 걷다보면 툭 터진 천담리에 들어서는데, 오른쪽으로 터진 곳에 강물이 달려온다. 그 계곡이 장천 계곡이다. 우리 동네 앞을 지난 강물이 바삐 흐르는 곳이다. 강물이 다시 굽이도는 곳에 서면 용골산이 보이는데, 빨치산이 기거했던 산이다. '511 고지'라고도 부른다. 강을 건너면 천담 마을인데 그곳에서 돌무덤, 선돌, 느티나무를 구경하고 아무 집에 들어가 이것저것 살림살이들을 구경하며 우리네 쓸데없이 많기만 한 살림도구들을 반성하는 시간을 갖는다.

    거기서 발길을 돌려 차근차근 산과 물을 구경하며 구담에 이르러 구담을 구경하고 징검다리를 건넌다. 그곳에 또 아름답고 웅장한 계곡이 펼쳐진다. 그 계곡을 지나면 우리는 쓸데없는 우리의 꿈과 희망을 다 버릴 수 있다. 가다가 지치면 아무 집에나 들러 빈방을 얻어 잠을 자며 소쩍새 소리를 듣고, 밤바람 소리, 물소리를 들을 일이다. 깊은 밤 강물 소리를 듣고 있으면, 우리가 애써 힘들여 간직한 것들이 얼마나 하찮은지, 우리가 아등바등 사는 날들이 그 얼마나 부질없는지, 삶이 도대체 우리에게 무엇인지를 생각하게 한다. 마음이 가난한 자만이 이 세상 강물을 자기 마음 안으로 흐르게 할 줄 안다. 그럴 수 있을 때까지 강물을 마음으로 끌어들이며 밤잠을 설칠 일이다.

요강바위가 있는 장군목 계곡을 빠져나가면 구미가 나온다. 구미 마을 입구에 커다랗고 긴 두 개의 선돌이 길 양쪽을 지키고 있다. 구미 조금 못 미쳐 어치리에는 암수 두 개의 돌무덤이 마을 경계에 쌓여 있다. 어치리, 구미리는 동계면이다. 동계면은 옛날부터 없는 것이 없다는 곳이다. 밤의 주산지이며 들이 풍성하고 부자들이 많은 곳이기도 하다. 거기서부터 섬진강은 적성강이 된다. 강물아 가거라. 나는 다시 천담으로 돌아갈란다.

덕치면 장산리인 우리 마을에서 순창군 적성면까지 강길은 좁은 협곡에 굽이가 많고 때 묻지 않고, 다듬어지지 않은 촌스러움을 간직한 마을이 산자락 곳곳에 자리잡고 있어 고즈넉하기 이를 데 없다. 차를 타지 않고 이 계곡을 걸으며 물소리를 따라가다, 물소리

저 혼자 가게 두고 강가 바위에 앉아 놀아보라. 신선이 따로 없다. 바위 그림자 물 아래 어리어 마음을 서늘하게 하고, 활짝 개도록 할 것이다. 봄부터 가을까지 피고 지는 풀꽃, 나무에 피는 꽃, 풀잎 끝에 피는 꽃, 사운대는 나뭇잎, 붉게 물든 단풍잎, 깨끗하게 옷 벗은 정갈한 나뭇가지 들이 산과 함께 강물에 어리리라. 가을날 강가의 갈대와 산자락 곳곳의 억새가 저무는 햇살 속에서 당신을 아름다운 세상으로 부르리라.

생각하고, 바라보면, 이 세상 이 땅의 풀잎 하나, 돌멩이 하나, 아무것도 아닌 저 건너 작은 산 하나, 아름답고 예쁘지 않은 것들이 없다. 문제는 관심이고 애정이며 사랑이다. 어찌 감동 없이 세상의 모든 것들을 바라볼 수 있겠는가. 이 계곡을 그냥 걸으며 보라. 아무것이나 다 위대하며, 신비롭고, 다정하다. 그것은 본래 거기 있었고, 언제나 변함이 없기 때문이다. 이 좁은 강길을 걸을 땐 혼자 걸어도 좋다. 싸움이 잦은 부부는 싫증난 세상살이에 시든 사랑을 탓하지 말고 둘이 어깨도 부딪치고 손길도 스치며 이 계곡을 걸어가보라. 계곡의 끝에서 그대들도 모르게 두 손이 꼭 쥐어 있는 것을 확인할 수 있을 것이다. 새로운 사랑을 얻어 찰떡같이 다시 붙으리라. 청춘 남녀는 서로의 사랑을 얻으려 도시의 복잡한 콘크리트숲을 헤매지 말고 이 협곡을 지나가보라. 아무 말 없이 이 계곡을 지나면서 여울지는 강물도 보고, 귀를 열어주는 새소리도 듣고, 작은 풀꽃에 마음도 주고, 문득 서서 강물에 빠진 산도 보고, 지는 해 아래서 적막한 산도 보다보면 이 계곡의 끝에서는 저절로 손이 잡혀 사랑이 강굽이를 돌며 여울지리라. 아름답고 예쁘고 때 묻지 않고 수줍은 누이 같은 섬진강. 잘난 것도 아니요, 빼어난 경치가 있는 것도 아니요, 유명한 사찰이나 인물이 있는 것도 아니지만 사시사철 사람들이 강과 산과 어울려 오래오래 사는 곳, 그곳에 가면 자기를 찾을 수 있을 것이다.

문화란 인간들이 모여 살면서 저절로 생겨난 삶의 모양을 말한다. 걸어두고 전시하고 새겨두는 그런 것도 문화일 터이지만 그냥 삶의 필요에 의해 자연물을 이용해 만든 삶의 모양도 문화다. 지금껏 생각하고 배워온 문화는 불교 문화, 조선 시대 사대부 문화, 그리고 외국에서 수입해온 문화들이 판을 치고 우리는 그 시각에 길들여져 있다. 이제 시각을 바로 세우고 그 껍질을 벗을 때가 되었다. 무식하고 못난 농사꾼들의 일과 놀이 속에서 사람들의 손과 마음이 모여 만들어진 농촌 문화야말로 우리의 순수한 기층문화다. 그 오래된 삶의 흔적들이 곳곳에서 망가지고 부서지고 있다.

유명한 명승지나 국보 들만 보호하지 말고 농민들의 일과 놀이 속에서 저절로 만들어진 이 땅의 마을 문화에 따뜻한 애정의 손길이 가닿아야 한다. 그래야 우리 민족다운 문화의 빛나는 참모습이 이 세상에 다시 드러날 것이다. 길가에 서 있는 느티나무 한 그루,

마을 뒷산에 서 있는 오래된 당산나무, 사람들이 달구경을 하던 달 바위, 마을마다 전설과 이야기가 담긴 바위들이 얼마나 많은가. 그 것이 곧 보물이다. 마을 문화를 이해할 수 있는 문화재들이다.

강은 그냥 강이 아니며, 산은 그냥 산이 아니다. 마을 앞에 수천 년 동안 버려진 듯 아무렇게나 앉아 있는 바위, 저 앞 강변에 있는 바위들이 어디 그냥 바위인가. 어린 시절 우리가 끼고 놀던, 내 벗 은 맨몸이 스친 바위가 아니던가. 저 마을 앞강 언덕의 느티나무가 어디 그냥 느티나무인가. 저 느티나무 아래 얼마나 많은 사람들의 꿈과 사랑과 우여곡절과 사람들의 눈물과 한숨과 기쁨이 함께 어우 러진 농악 소리가 배어 있겠는가. 그 아래 지금 늙어 병든 몸으로 지 친 농부가 어디 그냥 농부인가. 당신을, 당신의 살과 뼈를 지탱시켜 준 그 장본인들이 아닌가. 그들이 죽어 떠나면 이제 영영 농촌, 농 민, 농업의 그 빛나는 유형무형의 문화유산은 사라질 것이다. 사곡 과 천담리에서 동계, 적성까지는 이러한 농경 문화유산들이 곳곳 에 널려 있다. 민속자료들이 곳곳에서 망가지고 부서지고 사라지고 있다.

사곡리 작은 들 가운데에
씩씩하게 선 남근석

 덕치면은 임실군에서 가장 작은 면이다. 면사무소 소재지에 다
방 하나 없다. 경지 면적도 임실군에서 가장 적다. 조금만 높은 산
에 올라가보면 들은 하나도 보이지 않고 온통 산만 보인다. 조금 빼
꼼한 곳이 있다면 면사무소 소재지인 회문리 앞들과 내집평 들, 그
리고 장산 너머 사곡리 들이 있다. 모두 내집평 들처럼 300여 마지
기 이상을 넘지 못하는 작은 들판이다. 이렇게 작은데다 장산이 면
가운데를 턱 가로지르고 있어 그렇잖아도 작은 면을 더욱 옹색하게
갈라놓고 말았다. 장산 너머 사곡리를 중심으로 한 양지·자경·하
두·상두·평지·가곡·천담·구담·원치 등의 자연부락들은 이웃 면
인 강진면이 생활권이다. 강진에 갈담 장이 있어서 생활권이 완전

히 강진으로 쏠리게 되어 있다. 장산 너머 사곡 권역을 사람들은 '산 너머'라고 하고 그쪽 사람들은 이쪽을 '산 너머'라고 한다. 생활권이 서로 다르다보니 같은 면 사람들이라도 모르는 얼굴들이 더 많다. 산 이쪽에는 망월, 회문, 두무, 물우, 일중, 중원, 신촌, 장산, 암치 마을이 있다.

이 마을들이 오불오불 산자락에 모여 있다. 사람들은 산자락의 조금 평평한 곳들을 일구어 농사를 짓고 사는데, 가장 큰 면 소재지 마을이 한창 번성했을 때도 130여 가구 정도였으니 면세面勢가 어느 정도인지 짐작이 갈 것이다. 같은 면 사람들이라도 한자리에 모이는 경우가 거의 드물었고, 면 체육대회가 열리거나 콩쿠르가 열리면 늘 '산 너머'와 '산 너머'가 서로 대결을 하고 싸움이 잦았다. '산 너머' 사람들은 갈담, 즉 강진 장이 가까우니 '산 너머' 사람들을 '촌 놈들'이라고 했고, '산 너머' 소재지 사람들은 소재지가 있는 곳에 사니 '산 너머' 사람들이 '촌놈'이라며 도토리 키 재기식 입씨름을 하곤 했다. 지금도 그 버릇이나 생활권이 변하지 않아 기초의원 선거 때도 '산 너머' 대 '산 너머'가 대결하는 양상으로 선거를 치른다.

'산 너머' 마을들은 사곡 들판을 가운데 두고 네 개의 마을을 빙둘러싼 산 아래에 모여 있다. 강진 장에서 넘어가는 길이 하나 있는데, 그 길이 외지로 통한다. 그 길에 '행기재'라는 재가 하나 있다. 행기재는 무엇인가를 헹군다는 행주보라는 이름이 구개음화된 듯

한데, 그 행기재 아래에 조그만 저수지가 있다. 그 저수지를 조금 지나면 약간 탁 트인, 그러나 사방이 산으로 빙 둘러싸인 사곡 들판이 나온다. 사곡 들의 첫 마을이 양지인데, 양지를 따라가다보면 그쪽 끝, 그러니까 상두와 하두 마을로 통하는 길이 꼭 여자의 성기를 닮았다. 사곡 들길을 가다 돌아서서 행기재를 보면 거기 또한 분명하게 여성의 성기를 닮은 골짜기가 깊다. 행기재에서 오른쪽 평지 마을 뒤를 보면 또 야릇하게도 여성의 성기를 닮은 골짜기가 아련하게 보인다.

평지 마을 뒷산이 유명한 원통산이다. '산 너머' 사람들이 원통산을 주산으로 삼았고, 또한 '산 너머' 사람들은 회문산을 주산으로 삼은 셈인데, 원통산의 품이 훨씬 넓어 보인다. 아무튼 이 세 군데 골짜기가 여성의 질 모양을 닮았다. 사곡 들판에서 보면 골짜기는 삼각형 꼭짓점마다 한 군데씩 있다. 그 골짜기마다 저수지가 하나씩 있어 사곡 들을 적셔주고 있다.

이 사곡 들판 가운데에 남근석이 하나 하늘을 향해 씩씩하게 서있다. 행기재에서 막 사곡 들에 들어서면 이 돌은 장승 같기도 하고 선돌 같기도 하지만 가까이 갈수록 그것이 남근을 닮은 바위임을 알게 된다. 가까이 갈수록 그 남근석은 더욱더 튼튼하고 씩씩하게 다가오고 우뚝 솟은 느낌을 강렬하게 받게 된다. 그것은 사곡 들 세 골짜기가 내뿜는 어떤 기운을 향해 강하게 맞받아치는 느낌 같기도 하고, 때론 묘하게 서로 어울리는 기운을 풍기기도 한다.

푸른 하늘을 향해 씩씩하게 솟구쳐 있는 이 남근석은 다른 지방의 남근석과는 모양이 다르다. 대개의 남근석들은 정교하게 다듬어져 있어 때로는 너무 사실적이라 오히려 비현실적이거나, 남근을 닮은 자연석 그대로의 모습을 하고 있어 절박한 힘을 느끼지 못하는 것들이 많은데, 이 남근석은 그리 잔손이 가지 않은 것 같은데도 무척 튼실하고 힘 있고 씩씩해 보인다. 약간씩 각이 져 모서리가 보이는데 이 모서리로 인해 그렇게 힘 있게 솟아 있는 것처럼 보이는 것이다. 언젠가 황지우와 같이 이 남근석을 본 적이 있는데, 황지우는 "그 물건 참 대단하다"는 말밖에 하지 않았다. 간단과 단순이 만들어낸 이 막강해 보이고, 살아 있는 듯한 남근석은 농민들의 삶을 그대로 반영하고 있다. 이 남근석도 이 땅 여느 남근석처럼 수난당한 흔적들이 여기저기 상처로 남아 있다. 그 흔적들은 남근석을 더욱 돋보이게 해주고, 현실감 있게 해준다. 이 남근석 어느 부분을 조금씩 떼어다 가루를 만들어 먹고 원하는 아들을 낳았는지 누가 알겠는가.

사곡 골짜기 마을은 예부터 여성들이 세고 강해서 딸을 많이 낳았다고 한다. 실제로 내 동갑짜리 중 딸을 내리 일곱을 낳고 끝까지 민 결과 마침내 여덟번째에 아들을 본 친구도 있다. 그 친구 부인도 아마 틀림없이 이 남근석 어느 부분인가를 쪼아 갔을 것이다. 제발

나에게 고추 달린 아들 하나만 점지해달라고 이 남근석을 보듬고 쓰다듬고 소원을 빌어 아들을 낳은 사람들이 몇 사람이나 되는지는 남근석만 알 일이다. 오늘도 그 남근석은 모진 비바람과 강풍을 견디며 사곡 들판 한가운데에 의연히 결례를 무시한 채 발기되어 서 있다.

몇 년이 지난 후 이 사곡 들에도 변화가 있었다. 경지정리를 한 것이다. 경지정리를 하며 이 물건을 소중하게 다루었으면 좋았을 텐데, 남의 물건이라 함부로 다루다보니 이 씩씩하고 의연한 남근 아랫도리가 작신 부서지고 말았다. 아, 아, 통재라, 부러진 이 남근이 무슨 '일'을 할꼬. 실로 안타까운 일이다. 남근석이 부러진 뒤에 사람들이 카메라를 들고 뛰어갔지만 부러진 것이 어찌 이어질까. 지금은 그 흔한 시멘트로 때우고 이어서 힘 빠진 그것을 세워놓았다. 죽은 자식 뭐 만지기다.

경지정리를 한 포크레인 기사는 이 남근석을 가만히 밀면 넘어질 줄 알았던 모양이다. 그러나 남근석의 뿌리는 깊고 땅속에 묻힌 부분은 넓고 큰 바위여서 중동이 부러져버린 것이다. 기다란 돌이 아니라 키가 크고 넓은 바위를 깎아서 만들었던 것이다. 누군가가 벌을 받지 않을까? 벌을 받아도 그 부분에 말이다.

흙과 나무와
풀과 바람으로
지은 집

　우리 조상들이 살았던 집의 형태는 매우 독특하다. 지방마다 집
의 구조도 다르다. 북방과 중부 지방, 남부 지방, 섬 지방 또는 산간
지방 등 사는 곳의 지리 풍토에 따라 모두 조금씩 다르다. 오늘날의
생활양식으로 보면 매우 불편하게 생긴 집들을 만들어 오랫동안 살
아왔다. 요즘 들어 많은 집들을 살기 편리한 입식으로 뜯어고치는
것을 보면, 옛날 집들이 살기에는, 특히 부엌살림을 하기엔 불편했
던 것이 사실이었나보다. 그러나 편리함을 극대화시킨 아파트는 그
편리함으로 인해 우리의 삶 한 귀퉁이를 잘라가버린 것 같다. 그러
한 생활의 변화들이 우리의 삶을 편리하고 풍요롭게 했는지는 몰라
도, 자연으로부터 멀어지게 한 것만은 분명해 보인다.

옛날 집들은 화장실이 밖에 있었다. 자다가 밖으로 볼일을 보러 나가다가 마당에 서서 바라본 달빛이며, 달이 뜬 앞산이며 먼 산에서 울던 소쩍새 소리는 얼마나 고적했던가. 마당, 집이 작아도 마당은 놀라운 장소였다. 사람들이 모여 노는 곳이었고, 농악을 치는 무대였고, 농사를 지은 곡식들을 타작하는 장소였고, 집짐승들이 모여 노는 운동장이었다. 세상 모든 것들을 다 받아들인 이 마당이 사라지고 있다. 풍요라는 말을 쓰지 말자. 풍요가 만들어낸 인간성의 빈곤함, 사람다움의 삭막함에 나는 쓸쓸하다. 요즈음 우리의 생활은 어떤가. 집은 없고 방만 있는 생활, 도시는 있으나 마을이 없는 생활, 이 생활의 삭막함이야말로 자연과 더불어 살던 우리 삶의 터를 쪼들리고 옹색하게 만들어놓았다. 그렇다고 옛날의 불편함으로 돌아가자는 것은 아니다. 다만 나는 지금 우리의 삶을, 생활을, 협소해진 생각을 더욱 발전시키자는 데 쉽게 동의할 수가 없다. 사람이 없는 농촌, 시골, 산중의 적막함을 견딜 수 없듯이 나는 거대한 도시의 부산함과 시끄러움과 이기주의의 일상구조를 견딜 수 없다.

분명한 것은 지금 우리의 이 거침없이 편리한 삶의 구조가 근본적으로는 아름답고 자연스럽게 삶의 끝을 보여주지 못하리라는 것이다. 썩지 않는 물질문명은 지구를 이대로 유지하지 못하게 만든다는 것을 우리는 깨달아야 한다. 자연을 자연으로 돌려주지 못하고, 만들어낸 물건들이 자연을 병들게 한다면, 자연의 순환고리를 끊고 차단한다면, 도대체 이 편리함이, 발전이, 행복이 얼마나 오래 지속될 수 있단 말인가. 나는 도시의 거대한 빌딩들과 수많은 차들과 아스팔트 위의 사람들을 떠올릴 때마다 절망한다. 저 거대한 콘크리트와 철근 들을 몇십 년 또는 몇백 년 후에 어떻게 처리할 것인가를 생각하면 내 좁은 머리는 터질 것 같다.

자연에서 나온 것들을 자연으로 돌려주는 정신을 우리는 길러야 한다. 옛날 농민들이 살았던 삶의 방식에서 그 진국을 뽑아 삶의 양식으로 삼아야 한다. 우리 조상들의 삶은 한마디로 '자연보호'를 가장 중시한 삶이었다. 조상들은 예부터 필요 없는 것은 태우거나 묻었고, 버리면 자연과 한 몸이 되는 것들을 자연에서 골라 사용해왔다.

집을 보자. 불편하다는 농촌 가옥의 재료는 딱 세 가지, 흙, 나무, 풀이었다. 흙도, 나무도, 풀도 자연에서 자연 그대로 구했으며 썩으면 자연으로 돌아갔다. 가난하고 누추한 삶을 사는 사람들일수록 자연에 가까운 삶을 살아왔다. 나는 그것을 위대하다고밖에 표현할 수가 없다. 많이 배우고 부자로 사는 삶일수록 실은 그 삶이 인간성을 훼손시키는, 자연을 거스르는 일에 앞장서왔던 것이다. 우리가 크고 위대하다고 생각하는 것들이 알고 보면 얼마나 멍청한 것들이었는가 말이다. 생각해보면 얼마나 보잘것없는 것들인가. 농민들의 유구한 생활은 지혜로운 삶이었다고 나는 믿는다. 반성 없는 발전의 질주 속에서 살고 있는 이 풍요를 그들의 삶에 비추어보면 얼마나 반문명적이며 비인간적이며 반문화적인가를 나는 절감한다.

덕치 지역의 집 구조는 매우 간단하다. 네 칸짜리 집에 대문에서 왼쪽 또는 오른쪽 끝에 부엌, 그다음 큰방, 다음이 광방, 그다음 끝쪽에 작은방과 골방이 있다. 부엌에서 작은방 사이에 간단한 마루가 있으며, 이 마루가 모든 방과 이어져 있다. 마루 밑은 텅 비워두었으며 가운데에 있는 광방은 대개 마루를 놓았다. 거기 쌀궤와 함께 모든 알곡을 보관해두었다. 바람이 잘 통해야 하므로 마루 밑을 보면 저쪽 집 뒤쪽까지 뻥 뚫어놓았다. 말하자면 중방이 없어 광방 이쪽과 저쪽에 맞창을 내어놓은 것이다. 구담리 박종상씨 댁네 광 밑이 이렇게 뚫려 있어 마당에서 들여다보면 뒤란의 담이 훤히 보인다. 세 칸 집의 구조는 네 칸 집과 비슷한데 광방이 없고 작은방 뒤에 골방이 있어 그곳에 알곡을 보관해두었다. 큰방은 부엌에서 밥을 하거나 군불을 때서 방을 따뜻하게 했으며, 작은방은 쇠죽을 끓여 방을 데웠다. 때로 군불을 때기도 했다. 군불은 물을 데우거나 그냥 방을 따뜻하게 하기 위해 때는 불을 말한다.

내가 한참 문학 열병을 앓으며 글을 쓰고 책을 읽을 때, 나는 거의 밤을 새우다시피 했다. 닭이 울고 새벽이 되어 네시나 다섯시쯤 잠이 들 무렵이면 저녁에 땐 불이 다 식어 방이 차가워진다. 그때쯤 어김없이 아버지가 일어나 내 방 아궁이에 쇠죽을 끓이셨다. 장작

불이 톡톡 소리를 내며 타고, 뒷문이 그 불빛으로 환하게 밝아왔다. 방이 따뜻해지면 나는 스르르 잠이 들곤 했다. 나무를 분질러 넣을 때 '톡 토─톡톡' 튀는 소리를 들으며 나는 포근히 잠을 자고 아침이면 가뿐히 일어났다. 지금도 그 모습이 눈에 선하다. 붉게 타오르는 불꽃 앞에 앉아 불을 때시던 아버지의 모습이.

사람이 기거하는 그 집을 사람들은 몸채라고 불렀다. 몸채의 왼쪽이나 오른쪽에 헛청을 지었으며, 헛청엔 나무를 쟁여놓았다. 헛청 옆에 소막이나 돼지우리가 있고 몸채 방향과 한일자로 문간집을 짓기도 했으나 대문에 대해선 별로 신경을 쓰지 않았다. 헛청 또는 헛간 위에는 사람 키만한 높이에 서까래를 가로질러놓고 텅 비워두었다가 겨울철에 짚이나 소 먹일 풀을 쌓아두었다. 여름엔 자연히 텅 비어 바람이 시원하게 통해 그 위에 덕석을 깔아놓고 잠을 자기도 했다.

집의 구조는 대개 비슷비슷했다. 농사지을 땅이 적은 덕치 지역의 집들은 대개 마당이 좁고 뒤란이나 옆이 옹색했다. 한 치의 땅이라도 곡식을 더 심어야 했던 사람들의 마음이 가옥 구조에 잘 나타나 있다. 덕치 지역에서 사랑방이 가장 잘 만들어진 집은 구담리 박종상씨 댁이다. 이 집은 몸채와 부엌, 광이 독특하다. 특히 장독, 헛간 마당, 닭장, 그리고 마당가에 살구나무가 있어 아름답게 꽃을 피운다. 닭장에 필요한 모든 기구들이 아직도 고스란히 남아 있다. 장태 위에 닭이 알을 낳거나 알을 품은 둥지가 잘 놓여 있으며 둥지는 여러 개 있다. 마루에서 나와 왼쪽에 소막이 있으며 마주 보이는 곳에 닭장이 있다. 닭장 바로 옆에, 그러니까 마루에서 보면 오른쪽에 행랑채가 있는데 거기 대문이 있다. 대문이 아담하면서도 상당히 규모가 있어 보인다.

대문간에 들어서면 왼쪽에 방이 한 칸 있다. 거기가 옛날 이 집 어른의 사랑방이었다. 지금은 허드레 물건들을 보관하고 있다. 대문에서 오른쪽으로 방 두 개가 있는데 하나는 그냥 노는 방이고, 그다음이 일방이었다. 새끼도 꼬고 망태도 만들고 하던 방이다. 그 방 반대쪽에 문이 하나 있는데 그 방문을 활짝 열면 아, 구담 마을을 휘돌아가는 섬진강 푸른 물결이 보인다. (영화 〈아름다운 시절〉에서 창희 엄마가 성민이 아버지를 만나고 느티나무 밑을 걸어오는데, 그때 보이는 강굽이가 바로 이곳이다.) 대단한 경치다. 게다가 이 근방에서 제일 아름답고 멋진 느티나무가 한눈에 보인다. 이 느티나무 아래에 서보면 우리나라 농사꾼들이 느티나무를 얼마나 신경써서 심었는지 알 수 있다. 구담리 느티나무 터는 좌청룡 우백호가 뚝 떨어지며, 그 앞 섬진강 건너 안산, 용골산, 그리고 휘돌아 흐르는 강까지 해서 거의 완벽한 터를 자랑한다.

이처럼 배산임수, 좌청룡 우백호와 안산 등 이 완벽한 명당에 느티나무가 터를 둥그렇게 둘러싸고 있다. 일고여덟 그루의 느티나무가 넓고 둥근 마당가에 심어져 있는데, 이상하게 그 뿌리들이 서로 엉키고 이어져 나무는 따로 서 있지만 뿌리는 한 몸이 되어버렸다. (영화 〈아름다운 시절〉에서 성민이가 이사 가기 전에 창희 무덤과 이별을 하는데, 그 무덤이 있는 곳이 여기다.) 이 느티나무 아래 상석(제사 지내는 큰 돌) 밑은 나무뿌리가 들어오지 못하는 가장 좋은 혈이라고 한다. 이 느티나무 작은 숲 뒤에 큰 흙무덤이 있는데, 거기가 제사 지낸 후 돼지머리를 묻는 곳이다. 그 옆에 죽은 나무 끌텅이 있는데 지금도 하얀 창호지로 묶은 새끼줄이 칭칭 감겨 있어 남성과 여성의 성기를 연상시킨다. 다산을 빌었던 곳이다.

이 터를 옛날 안동 김씨들이 빼앗으려 엄청나게 많은 사람들을 보냈는데 구담 마을의 어떤 힘센 장사가 버티고 있다가 이 터로 올라서는 놈들을 들어 저 앞강에 풍당풍당 던져버렸다는 이야기가 전해내려온다. 또 근래에는 이 명당을 사려고 몇억을 주겠다는 사람들이 나타난다고 한다. 이 느티나무는 박종상씨 댁 사랑채 문을 활짝 열면 훤히 보인다. 이 사랑채에서 사진 찍는 황헌만이 자주 머물렀고, 소설 쓰는 박태순 선생님도 박종상씨와 어울린 적이 있다. 박종상씨는 매우 유식한 분으로, 옛날엔 주경야독을 하셨다 한다. 한문을 쓰는 솜씨가 보통을 훨씬 넘어선 듯한데 지금은 붓을 놓으셨다. 그 아드님과 따님을 6학년 때 내가 가르친 적이 있고 이 동네를 찾을 때마다 술이며 점심 저녁을 황송하게 대접받곤 한다. 지금은 전주에서 수채화를 그리는 유남진군이 며칠씩 머물며 이 동네의 안개와 비와 강물과 농사와 겨울의 눈과 적막을 마음에 익히곤 한다.

구담리의 농가 구조도 여간 독특하지가 않지만 천담 마을 사람들이 사는 집 구조 역시 매우 독특하다. 집집이 구조가 다 다른데 집을 지은 목수에 따라서도 조금씩 다르겠지만, 아마 집 주인의 생각에 따라 달라진 것 같다. 천담리 마을 집을 지은 목수는 정대원씨와 두 사람의 박씨였다고 한다. 내가 농촌에 오래 살면서 참 신기하게 생각한 것 중 하나가 옛날 시골집을 지었던 목수들이다. 그분들은 설계도 없이 집을 지었다. 물론 복잡하지 않은 구조였지만 말이다. 아무리 작은 집이어도 그렇지, 못 하나 들이지 않고 그들은 나무를 자르고 구멍을 파고 뚫어서 집을 맞추고 올려 완성했는데, 그게 여간 신기한 것이 아니다. 우리 집을 지은 목수는 큰어머니의 오빠와 동생이었다. 우리 집을 지을 때 나는 중학생이어서 꽤 눈여겨보았지만, 그들이 설계도나 무슨 도면을 들여다보는 것을 본 기억이 없다.

우리 동네나 이웃 신촌, 일중, 물우, 암치, 회문 동네의 집은 거의 네 칸이나 세 칸 홑집으로 구조가 똑같은데, 천담리와 구담리 마을은 집 구조가 아주 다르다. 천담리 다리를 건너 왼쪽 제일 첫 집이 임종만씨 댁이다. 이 집은 천담리 마을 제일 아래, 그러니까 강 가까이에 있다. 오른쪽으로 나 있는 문 없는 대문을, 즉 '무낙'을 들어서면 마사토가 깔린 마당이 있다. 마당가에 배나무가 심어져 있고,

작은 은행나무가 서 있다. 마당에 서서 강을 바라보면 낮은 돌담에 잔잔한 뱃마당이 걸린다. 한가로움과 평화로움이 찾아든다. 보는 이로 하여금 마음을 잔잔하게 가다듬도록 해주는 풍경이다. 나는 마당에 서서 그런 고요한 강물을 바라보는 사람의 마음과 등을 떠올린다. 그 집은 마루에 앉아도 그런 강물이 보인다. 일을 다 끝내고 밥을 먹고 한가하게 앉아 강물을 바라보면 세상만사 걱정 근심이 사라질 것만 같다.

그 집에 가 그렇게 강물을 바라보고 서 있으면 집 주인 임종만씨가 이따금 삶의 고단함과 근심과 걱정을 달래며 강물을 바라보고 서 있었을 모습이 떠오르곤 한다. 또 겨울 강물에 눈 내리는 모양을 문구멍으로 내다볼 그 집 사람들을 생각한다. 우리 집 마당이나 마루나 방에서 보이는 강물은 흐르는 물이어서 그렇게 평화로운 느낌을 주지 않는다. 이 자연의 평화는 인간 본래의 오래된 휴식이었으리라.

임종만씨 댁 부엌문을 들어서기 전 왼쪽에는 돌확이 있다. 보리쌀을 갈거나 김치를 담그기 위해 고추를 갈거나 할 때 쓰이는 돌확이 알맞은 높이로 놓여 있고, 그 아래 어른 아름보다 크고 세 살 아이 키보다 깊은 돌확이 위아래로 높고 낮게 두 개가 나란히 놓여 있다. 그 두 개의 돌확에 물길이 나 있다. 위에서 아래로 자연스럽게 물이 넘쳐흐르도록 되어 있다. 아래 돌확에서 넘쳐흐르는 물은 정화되어 넘치게 되어 있는데, 그 물이 해치강(하수구)으로 흘러들어간다. 작은 확이 자연스럽게 정화조 구실을 한다.

부엌문을 열고 들어가면 왼쪽에 나무를 쌓아놓은 나무청이 있고 나무청과 나란히 살강이 있다. 살강은 그릇이나 수저 등을 씻어 넣어두는 곳이다. 그 살강 위쪽이 뻥 뚫려 있어 부엌에서 불을 땔 때 연기가 밖으로 나간다. 살강 옆에는 두 칸의 사다리가 있는데, 한 평쯤 되는 방이 허공 위에 떠 있다. 아주 작고 예쁜 문이 달려 있는데 그 안은 알곡을 두는 곳이다. 두 개의 기둥에 받쳐진 채 붕 뜬 방 아래엔 깊은 웅덩이가 있는데 매우 따뜻해 보인다. 여름엔 시원해서 하지감자를 보관하고, 겨울엔 따뜻해서 고구마를 저장해두는 곳이다. 부엌문에서 오른쪽에 국솥과 밥솥이 나란히 크고 작게 걸려 있으며, 그 사이의 아주 작은 옹기 중발에 물이 담겨 있다. 그게 조왕신을 모시는 조왕이다. 그다음, 큰 밥상만한 마루가 있는데 쌀독을 놓는 곳이다. 거기에 마루로 통하는 문이 나 있다. 내가 설명을 잘 못해서 그렇지 직접 보면 아주 신비롭다. 부엌 천장과 벽은 모두 연기에 새까맣게 그을려 있다. 그을림이 병균과 충을 막아주는 구실을 한다. 언젠가 황지우와 같이 이 집을 구경한 적이 있었는데, 지우가 그 뚱뚱한 몸으로 부엌에 들어갔다 나오더니 "문화재감이군" 하고 혼자 중얼거리는 소리를 들었다.

마당에서 집 오른쪽에는 넓지 않은 공터가 있는데, 거기 구덩이가 두 평도 더 되게 패어 있다. 밤 구덩이다. 가을철에 밤송이째 따서 묻어두었다가 겨울철에 꺼내 밤을 까서 팔았다. 그 아래 행랑채에 쇠죽을 끓이는 솥이 걸려 있고 거기 방이 하나 딸려 있는데, 사랑방 겸 일방이다. 그 방에 딸린 헛간 헛청이 북쪽 강바람을 막아준다. 이 지역의 집들은 대개 남쪽은 그냥 비워두고 북쪽을 막는 헛간을 지었다.

임종만씨 큰방 윗목에는 천장 가까이 널찍한 판자 하나가 가로지르고 있는데, 거기 단지가 하나 얌전히 놓여 있다. 그 단지가 바로 쌀을 모셔두는 조상단지다. 이 조상단지 속의 쌀은 올게심니를 하고 나서 담아둔 것으로 이 단지는 누구도 함부로 열거나 손대지 못한다. 조상을 모셔두는 조상단지이기 때문이다. 이 집에서 가장 소중한 보물 중의 보물이다. 언젠가 사진 찍는 황헌만이가 그걸 내려놓고 사진을 찍으려다가 혼찌검이 나기도 했다.

천담 마을의 가옥 구조는 집집마다 나름의 특색과 편리한 구색을 갖추고 있다. 집집이 조금씩 다른데 아마 제일 처음 지은 집보다 나중에 지은 집이 더욱더 편리해지고 좋아졌을 것이다. 천담 마을 어느 집 마당에 서건 모두 강물이 잔잔하고 고즈넉하게 보인다. 강이 보이는 집에 산다는 것은 그 얼마나 축복인가. 눈을 뜨면 산 아래 강이 보인다는 것은 그 얼마나 축복이고 기쁨인가.

산과 물과 하늘과 작은 마을과 논과 밭과 그 안에 사는 사람들의 삶은 고단하고 가난하고 누추한 대로 자연 속에 풀어놓은 마음과 함께 아름다운 그림을 그려낸다. 지게 지고 강 건너는 새벽, 물안개, 물동이 이고 박꽃 피는 저문 고샅길의 걸음걸이, 일 끝내고 마루에 걸터앉아 보는 강물은 현실 같지 않지만 현실이었다. 그 삶들이 부서지고 쫓겨나고 망가지고 지워졌다. 이제는 아무도 그렇게 강물과 산에 마음을 두거나 뺏기지 않을 것이다. 바라봄이 없는 삶은 삭막하고 질주만 남는다. 넉넉함이 없다. 천담리 마을 뒷산이나 산골 구석진 곳의 논두렁은 참으로 적막할 만큼 아름답다. 집마다 감나무가 몇 그루씩 있어 천담 마을의 풍경을 더 풍성하게 한다.

아, 그리운
우리 진메

향수

정지용

넓은 벌 동쪽 끝으로
옛이야기 지줄대는 실개천이 휘돌아 나가고,
얼룩백이 황소가
해설피 금빛 게으른 울음을 우는 곳,

그곳이 차마 꿈엔들 잊힐리야.

질화로에 재가 식어지면
비인 밭에 밤바람소리 말을 달리고,
엷은 졸음에 겨운 늙으신 아버지가
짚베개를 돋아 고이시는 곳,

그곳이 차마 꿈엔들 잊힐리야.

흙에서 자란 내 마음
파아란 하늘 빛이 그리워
함부로 쏜 화살을 찾으러
풀섶 이슬에 함추름 휘적시던 곳,

그곳이 차마 꿈엔들 잊힐리야.

전설傳說 바다에 춤추는 밤물결 같은
검은 귀밑머리 날리는 어린 누이와
아무렇지도 않고 예쁠 것도 없는
사철 발 벗은 아내가
따가운 햇살을 등에 지고 이삭 줍던 곳,

그곳이 차마 꿈엔들 잊힐리야.

하늘에는 성근 별
알 수도 없는 모래성으로 발을 옮기고,
서리 까마귀 우지짖고 지나가는 초라한 지붕,
흐릿한 불빛에 돌아앉아 도란도란거리는 곳,

그곳이 차마 꿈엔들 잊힐리야.

'넓은 벌'이란 말만 빼면 이 시에 나오는 경치와 내용은 모두 진메 마을이다. 진메는 이 시가 말하고자 하는 마을의 전형이라 할 만한 곳이다. 아니 이보다 더 진한 우리의 농촌 서정이 곳곳에 철철이 넘치고 우러나는 곳이 이곳 진메 마을이다.

내집평 들 남쪽 끝으로 그 작은 들판이 점점 좁아지면서 마을 옆으로 좁은 계곡을 이루며 층층이 논을 만들고, 그 계곡이 시작되는 곳에 불쑥 산 하나가 가로놓이면서 내집평을 감고 돌던 물굽이는 갑자기 동쪽으로 그 활등 같은 굽이를 튼다. 그야말로 동쪽 끝으로 옛이야기 지줄대는 강물이 흘러간다. 작은 마을과 작은 들을 그곳에 얌전히 내려두고 말이다.

진메 마을이 생긴 것은 지금으로부터 약 500년 전이라 한다. 지금부터 500년 전이라면 임진왜란 때다. 임진왜란 때 나주와 남원 방면으로 이 땅을 유린하던 왜군에 쫓기던 농민들이 깊고 깊은 산중으로 피신을 했을 것이다. 그렇게 피란을 온 사람들이 마을을 이루고 살았다. 깊은 산중을 흐르는 섬진강변에 자리잡은 마을들이 거의 다 그렇게 시작되었다고 봐도 무리가 없을 것이다. 처음엔 남원 양씨와 문씨, 그리고 나주에서 피란 온 김씨가 자리를 잡았더란다. 진메라는 이름은 앞산이 그 크기와 높이에 비해 유난히 길어서 붙은 이름이다. 누가 그렇게 지었는지는 모르지만 우리네 산골이나 농촌 어디를 가든 그 지형의 특징을 딴 마을 이름들을 많이 볼 수 있다. 예를 들어 물 위에 있으니 물우리, 새로 생긴 마을이니 새말, 해가 마을 한가운데서 뜨니 일중리, 이런 식으로 마을 이름을 지은 것이다.

사람들은 마을을 만들며 샘을 파고 강 건너로 징검다리를 놓고 마을 곳곳의 이름들을 지었다. 그 이름들 또한 자연히 부르기 쉽게 생긴 모양대로 지었다. 비가 묻어오는 골짜기는 우골이요, 연이 걸리면 연단이골, 삼이 잘되면 삼밭골, 절이 있었던 곳은 절골, 밭이 평평하면 평밭, 꽃이 많이 핀 산은 꽃밭등, 무당이 살았던 곳은 무당밭골, 큰 골짜기는 큰골, 작은 골짜기는 작은골, 벼락 맞은 바위는 벼락바위, 벌이 잘 붙으면 벌통바위, 배 뜨면 뱃마당, 물 가운데 바위가 둥글면 두루바위, 자라가 많이 올라오면 자라바위, 까마귀가 많이 앉으면 까마귀바위, 달을 보는 달바위, 징검다리가 있는 곳은 노딧거리, 쏘가리가 많으면 쏘가리방죽, 다슬기가 많으면 다슬기방죽, 이렇듯 동네 곳곳의 이름을 짓고 논도 생긴 모양대로 도굿대배미, 장구배미, 자라배미, 버선배미, 삿갓배미 등으로 지어 불렀다. 이처럼 그냥 생긴 대로 동네 곳곳의 이름을 지었으니 사람들이 일부러 외울 것도 없고 가르칠 것도 없었다. 사람들은 살아가며 그 지명들을 눈에 발에 몸에 마음에 익혔던 것이다. 마을 뒷산도 유독 길기만 하다. 그 긴 산, 활같이 생긴 산, 활줄에 마을의 집들이 줄 끝까지 박혀 있다. 진메 마을에는 골목길이 없다. 제일 긴 골목길도 세 집만 거치면 바로 뒷산이다. 그 대신 동네 앞으로 강을 따라 긴 길이 나 있다.

마을 중간쯤 처음 양씨가 들어와 지었다는 집 뒤에 커다란 당산나무가 한 그루 있다. 마을 뒤를 지켜주는 이 당산나무는 500년쯤 되었다고 하니 마을과 나이가 같은 셈이다. 죽은 가지도 많다. 다 늙은 정자나무엔 까치집이 두어 개쯤 있는데 늘 까치가 운다. 잎이 피기 시작하면 온갖 새들이 날아와 운다. 그중 소쩍새의 울음은 근심 있는 마을 사람들을 잠 못 이루게 하는 데 한몫을 단단히 한다. 사람들이 이 느티나무를 어찌나 신성하게 여겼는지 죽어 떨어진 삭정이 하나 가져다 불을 땐 적이 없다. 이 느티나무에 공을 들여 아들을 얻은 사람도 있다. 공을 들인다는 것은 정화수 한 그릇 떠놓는 일인데, 지금도 그 밑동에 정화수를 얹어놓았던 국어사전만한 바위가 박혀 있다. 이제 이 나무도 많이 썩고 죽어가고 있다. 나무를 바라보고 있으면 이 마을의 운명과 어찌 그리 똑같은지. 옛날엔 섣달그믐이나 대보름이면 꼭 사람들이 기도를 한다며 새끼줄에 흰 창호지를 끼워 몇 겹씩 둘러놓곤 했다.

진메 마을에 느티나무 한 그루가 또 있으니 바로 옛날 도꾼이었다는 홀아비 서춘 할아버지가 뱃마당 근처에 심어놓은 느티나무다. 이 느티나무는 한 200년쯤 되었다고 한다. 서춘 할아버지는 문씨였는데, 어찌 된 일인지 홀로 사셨다. 한겨울 아침에도 얼음을 깨고 냉수로 목욕을 했고, 마을 사랑방에서 잠을 자며 나무아미타불 나무아미타불을 밤새 중얼거리는 바람에 늘 지천꾸러기 취급을 받으셨단다. 누가 뭐라고 하면 뚝 그쳤다가도 작은 입안 소리로 나무아미타불을 중얼거리다 점점 소리가 입 밖으로 나와 귀신 씨나락 까먹는 소리로 커지는가 싶으면 어느새 자기도 모르게 신명이 나는지 중모리 자진모리로 나무아미타불을 외치곤 하셨다고 한다.

아무튼 이 느티나무는 우리 마을 앞 강변과 강물을 지켜주는 신이었다. 서춘 할아버지가 심어놓은 느티나무와 조금 떨어진 곳에는 또 한 그루의 느티나무가 있다. 서춘 할아버지가 심어놓은 느티나무가 자라고, 오랜 세월이 흘러 이 마을에 한 어쭙잖은 시인이 태어났으니 그 볼품없는 사람이 시인이 되기 전에 마을 뒷산 당산나무 밑에서 작은 느티나무 한 그루를 뽑아다 마당에 심었다. 한 5년 쯤 키웠는데 어찌나 잘 크던지 어머니가 놀라서 '큰 나무'를 집 안에 심으면 집이 치인다고 뽑아 옮기라고 하셔서 어느 해 새마을사업이 한창일 때 그 시인이 집 앞 강변길에 옮겨 심었다. 지금 그 느티나무가 무성하게 자라 그 작고 보잘것없는 시인의 양팔로 한 아름이 넘는다. 사람들이 이 시인을 찾아와 그의 강연을 듣는데, 꼭 그 느티나무 아래에서 이야기를 한다. 이 느티나무를 내가 심었다고 하면 사람들은 "에이, 순 공갈이다, 공갈" 하며 도무지 믿으려 하지 않아 그렇잖아도 작은 그 시인의 가슴을 답답하게 하곤 한다. 그 느티나무는 바로 위 서춘 할아버지가 심어놓은 큰 느티나무를 영락없이 꼭 빼닮아가고 있는데, 몇 년 전부터 이 느티나무 아래에도 동네 노인들이 모여들어 여름더위를 피하고 때로 소쩍새가 찾아와서 그 시인의 애간장을 녹일 때도 있다.

긴 마을 앞에는 문전옥답이 한 다랑이쯤 길게 있고, 그 논 앞엔 또 한 줄기 길게 밭이 있다. 그 밭 바로 밑이 다른 마을로 이어지는 마을 큰길이며 그 길 아래가 넓은 강변이다. 그 강변 한가운데, 그러니까 마을이 시작되는 세 갈래 길이 마을 한복판 강변에서 만나는 곳에서부터 강 건너로 이어지는 징검다리가 놓여 있다. 정확하게 여든여덟 개의 자연석이 놓여 있다. 큰물이 많이도 났지만, 이 돌멩이들은 어찌 된 일인지 아직 한 개도 떠내려간 적이 없이 지금도 까

많게 고스란히 자리를 지키고 있다. 이 징검다리를 건너면 바로 거의 70도 각도로 산이 시작되는데 그게 긴뫼다. 그 산 3분의 2가 옛날엔 다 밭이었고, 사람들은 300여 미터 정도 되는 산 너머까지 가서 밭을 일구었다. 마을이 한창 번성할 때는 마흔세 가구까지 불어났다. 내가 초등학교, 중학교 다닐 때까지는 그랬다. 지금은 스물다섯 가구에 늙은 노인들이 살고 있다.

마을 앞 강변이 넓어서 한때는 누런 소들 70여 마리가 죽 매여 있어 큰 목장을 방불케 했지만, 지금은 두어 마리쯤 묶여 있고 염소 몇 마리가 뛰어논다. 강변은 아름답고 적막하다. 5월쯤엔 토끼풀꽃, 자운영꽃이 하얗고 붉게 피어나고 달밤엔 꺼멓게 박힌 예쁜 바위들이 반짝인다. 징검다리엔 늘 사람들의 발길이 끊이지 않아 표면이 반질반질하고, 흘러가는 물소리는 언제나 정다웠다.

진메 마을은 잘 보이지 않는다. 내집평 들을 한참 휘돌아가는 물을 따라가면 사방이 산으로 가려져 꼭 말구유 같은 곳에 자리를 잡고 있다. 고개를 쳐들어야 하늘이 보일 정도다. 진메 마을을 지나한 굽이를 돌면 천담 마을이 나오지만, 처음 우리 마을에 들어선 사람들은 이제 다시는 더이상 마을이 없는 세상의 끝 같다고들 한다. 나는 이 작은 강변 마을에서 태어나 지금껏 살고 있다. 아무렇지도 않고 예쁠 것도 없는, 그렇다고 무슨 자랑거리로 내세울 만한 것도 없는 작은 마을. 예나 지금이나 끊임없이 흐르는 강, 그만그만한 집들에 그만그만한 살림살이들, 그만그만한 산과 논과 밭 들. 아직도 따가운 햇살을 등에 지고 땅을 일구는 늙으신 어른들이 아무 일도 없는 것처럼 사는, 생각하면 금방 눈물이 고이는 이 작은 마을. 그리운 우리 진메에서 나는 지금도 그냥 있는 듯 없는 듯, 한 그루 보잘것없는 앞산 참나무처럼 살고 있다.

섬진강 강변에 서면

수양버들

너를 내 생의 강가에 세워두리.

바람에 흔들리는 치맛자락처럼 너는 바람을 타고

네 뒤의 산과 네 생과 또 내 생, 그리고 사랑의 찬연한 눈빛,

네 발 아래 흐르는 강물을 나는 보리.

너는 물을 향해 잎을 피우고

봄바람을 부르리. 하늘거리리.

나무야, 나무야!

휘휘 늘어진 나를 잡고 너는 저 강 언덕까지 그네를 타거라.

산이 마른 이마에 닿는구나. 산을 만지고 오너라.

달이 산마루에 솟았다. 달을 만지고 오너라.

등을 살살 밀어줄게 너는 꽃을 가져오너라.

너무 멀리 가지 말거라.

하늘거리는 치맛단을 잔물결이 잡을지라도 너는

강물에 한 잎 손을 놓지 말거라.

지워지지 않을 내 생의 강가에 너를 세워두고

나는 너를 보리.

　진메 사람들에게 섬진강은 사람의 몸속을 흐르는 핏줄기다. 앉으나 서나, 진메 마을 어디에서나 강물이 보인다. 마루에 서거나 누워도, 방에서 밥을 먹을 때도, 문을 열면 강물이다. 물소리를 들으며 눈을 뜨고, 물소리를 따라가다가 잠이 든다. 물하고 숨바꼭질을 하지 않는 한, 강물은 그렇게 진메 사람들과 한 몸이다.

　섬진강은 그 시작부터 크고 작은 바위, 크고 작은 돌멩이, 크고 작은 자갈, 그리고 하얀 모래밭, 이렇게 바위, 자갈, 모래가 반복되며 흐른다. 큰비가 내리면 바위가 구르고 깨져서 큰 돌멩이가 되고, 돌멩이가 굴러 자갈이 되고, 자갈이 구르고 굴러서 모래가 되고 또 다시 계곡을 지나며 바위, 흘러서 자갈, 또 어디만큼 가서 하얀 모래, 이런 식이다. 조금 넓은 들을 만나면 모래와 자갈밭이고, 좁은 계곡으로 들어서면 물속에는 돌멩이들이 깔려 있고, 강변에는 큰 바위들이 서거나 앉거나 누워 있다. 큰비가 와 앞강 물이 넘치면 물속에서 바위 구르는 소리가 어찌나 크게 우글거리던지 잠을 설치곤 했다.

내집평 들에 들어서기까지 한동안 자갈밭이었다가 구림천과 만나면서 섬진강 바닥에는 아예 암반이 깔려버린다. 높은 산에서 굴러왔음직한 큰 바위들이 강변이나 강물 가운데에 지천으로 널려 있다. 이렇게 강가나 강에 바위가 깔린 것이 약 12킬로미터가 넘는다. 진메 마을에서 천담 계곡을 지나 구담 마을로 휘돌아 굽이치고 순창군 장군목 계곡을 치달리는 강굽이에는 큰 바위들이 있고, 물속에는 작은 바위들이 널려 있다. 강물은 그 바위들을 휘감으며 돌고, 너른 암반 위를 부드럽게 흐르고, 비탈진 강바닥을 내달리며 부서진다. 강물은 그렇게 유유하고 굽이치고 부서지고 굽이를 돌며 흐른다. 쉬고 달리고 부서지는 것들이 우리네 인생살이의 우여곡절과 같다.

우리 동네 앞강 곳곳은 이름도 다양하다. 가마소, 무당밭골, 새말 벼락바위, 벼락바위, 뱃마당, 노딧거리, 쏘가리방죽, 손아들, 다슬기방죽, 저리소, 살바위 같은 이름들이 있다. 우리 동네 바로 앞은 벼락바위가 유명하다. 옛날에 벼락을 맞았다는 이 커다란 바윗덩어리, 거의 조그만 언덕 같은 이 바위는 우리 동네 사람들과 참으로 오랫동안 떨어질 수 없는 인연을 만들어왔다. 자라면서 이 벼락바위에 눕거나 앉지 않은 우리 동네 사람은 없다.

벼락바위 앞 강바닥엔 미끌미끌한 바위가 쫙 깔려 있고, 바위의 키가 높아서 낮엔 아낙네들이 더운 몸을 물에 담그고 식히기도 한다. 벼락바위 앞 어딘가에 들어가면 동네 그 어느 곳에서도 보이지 않는 희한한 장소가 있다. 동서남북 어느 방향에서도 그곳으로 들어가 몸을 담그면 보이지 않아 안심이 되었다. 언제 어느 때나 바위 위에 신이나 옷가지 하나만 올려두면 "내가 지금 여기서 목욕중"이라는 표시가 되었다. 벼락바위는 여름밤의 잠자리이기도 해서 젊은 청년들이 저녁을 먹고 모두 이 바위로 나와 밤을 지내곤 했다. 넓적하고 평평한 곳이 많아서 낮 동안 뜨거운 햇빛에 달구어질 대로 달구어진 바위는 새벽녘까지 따뜻한 구들장이었다. 아무 데나 목침만 한 돌덩이만 놓고 누우면 뜨뜻한 방이었다. 거기서 온갖 짓궂은 이야기를 떠들고, 장난질을 하고, 싸움을 하고, 노래를 하며 여름밤을 보냈다. 거긴 아름다운 청춘이 익어가는 곳이었다. 달빛에 반짝이는 물소리가 등이 시리게 파고 흐르는 곳. 벼락바위에서 동네 청년들은 서서히 어른이 되어갔다.

벼락바위에 가을이 찾아오면 사람들의 발길이 뜸해지는 대신 할머니들이 그 넓적한 바위 위에 하얀 호박을 동그랗게 잘라 널었다. 고추를 붉게 널고, 감자 대를 널었으며, 감 쪼가리를 널어 말리기도 했다. 가을철엔 벼락바위가 덕석 구실을 톡톡히 했던 것이다. 벼락바위는 비가 내릴 때 동네 앞을 흐르는 물의 양을 알려주기도 했다. 이 벼락바위를 넘으면 강물이 바로 동네 앞길 밑까지 차올랐다. "벼락바위 넘었냐?"라고 물어서 넘었다고 하면 그건 굉장히 큰물이 났다는 뜻이고, 벼락바위를 넘지 않았다면 그냥 뭔가 안심이 되는 물 측량기 구실을 했던 것이다. 겨울철에 꼬맹이들이 썰매 타다 물에 빠지면 벼락바위 앞에 몸을 숨기고 불을 피워 젖은 옷을 말리기도 하고, 강물에서 잡은 고기나 고구마를 구워먹기도 했다.

벼락바위 아래가 바로 뱃마당이었다. 옛날에 댐이 없을 땐 늘 물이 많아서 거기다 배를 띄웠단다. 이 뱃마당 바로 앞에 동네에서 두 번째로 큰 느티나무가 있다. 옛날에는 이 느티나무에 배를 매어두었다고 한다.

뱃마당 건너 물가엔 두루바위가 있다. 둘레는 아이들 아름으로 여섯 아름 정도고 높이는 2미터쯤 된다. 생긴 게 둥그스름해서 이름이 두루바위다. 이 두루바위가 몸 반쪽을 강물에 담그고 서 있어서 우리는 이 바위 위에서 다이빙을 하기도 했다. 바위가 다이빙판 구실을 했던 것이다. 두루바위 속에는 메기, 쏘가리, 자라 등이 많이 살았다.

두루바위 바로 3, 4미터 앞에 자라 모양의 자라바위가 있는데 한여름 소낙비가 왔다가 뚝 그치고 햇살이 쫙 펴지면 큰 모자만한 자라들이 엉금엉금 기어올라와 등을 반짝이며 꼼짝하지 않고 엎디어 있었다. 어디에 그렇게 많은 자라가 있었는지 바위를 가득 채운 자라들은 고함을 지르거나 돌을 던지면 엉금엉금 기어 물로 툼벙툼벙 빠지곤 했다.

그 자라바위 4, 5미터 아래에 작은 두루바위가 있는데 이 바위는 둥글게 생기지도 않았는데 작은 두루바위라는 이름이 붙었다. 이 작은 두루바위가 물속에 잠기면 강물을 건너면 안 된다는 신호였다. 헤엄쳐서 강을 건너면 안 될 만큼 물이 불어서 위험했다. 강 건너에서 일을 하다가 느닷없이 옥정호 작은 댐의 수문이 열려 물이 불어나 작은 두루바위를 넘으면 사람들은 개나 소는 쫓아 강을 건너게 하고, 자기들은 먼 길을 돌고 돌아 물우리 앞 뱃마당 배를 타고 집에 와야 했다. 마을을 코앞에 두고 4킬로미터도 넘는 길을 돌아 집으로 왔던 것이다.

이 작은 두루바위 바로 앞에 움푹 파인 작은 소가 있는데, 어른들 가슴까지 물이 닿는다. 그 소의 바닥에는 미끌미끌한 바위가 쫙 깔려 있는 것이 마치 수영장 같아서 아이들이 처음으로 수영을 배우는 곳이기도 하다. 움푹 파인 곳이 끝나는 곳에 수영장 턱 같은 바위가 문턱처럼 깔려 있어서 거길 짚고 수영을 배웠다. 자연 수영장이었던 셈이다. 이 수영장 주변에 수석같이 예쁜 바위가 솟아 있어 마을에서는 물에서 노는 사람들의 모습이 잘 보이지 않아 약간 나이가 든 청년들이랑 물싸움하고 물놀이하기에 안성맞춤인 곳이었다. 사람들은 이곳을 까마귀바위라고 했다.

까마귀바위 바로 아래에는 작은 소가 있다. 큰물이 불어 까마귀바위를 넘은 물이 강바닥을 깊이 판 것이다. 그 작은 소 아래에 징검다리가 있다. 이 징검다리는 마을에서 강을 건너는 유일한 길이다. 마을 양쪽 끝과 복판에서 강으로 가는 세 갈래 길이 이 징검다리에서 만난다. 징검다리가 다 그렇듯이, 처음 시작되는 물가의 징검돌은 아주 작다. 물 가운데로 갈수록 돌덩이는 점점 커지는데 물살이 아주 센 곳에는 자연적으로 깊이 박힌 넓적한 바위가 있다. 그리고 강 건너로 가까이 갈수록 점점 돌덩이들이 작아진다. 이 징검돌의 수는 정확하게 여든여덟 개다. 징검다리가 놓인 곳은 약간 물살이 센 곳인데 아무리 큰물이 나도 징검돌들은 한 번도 떠내려간 적이 없다. 마을 앞 정자나무 뿌리까지 불어난 큰물이 오랫동안 나가고 나면 약간 삐딱하게 틀어진 돌을 보았을 뿐이다. 옛날엔 이 징검다리 위로 가을 늦게 나무와 흙으로 다리를 놓았다. 섶다리였다. 여름이 와서 물이 불면 깨끗이 떠내려가는 다리였다. 아마 겨울철 강추위 때 징검다리가 얼어 강을 건널 수 없기 때문에 섶다리를 놓았을 것이다. 가을일이 다 끝나갈 무렵 동네 사람들이 산에서 다릿발에 쓸 나무를 베어오고 소나무 가지를 베어다가 강에 쌓아놓고 강 건너로 다리를 놓아가는 모습은 아름다웠다. 다리를 다 놓으면 사람들은 그 다리를 건너며 농악을 울렸다. 흐르는 강물 위를 건너며 농악을 치고 춤을 추는 동네 사람들은 산과 마을과 작은 논과 밭 들과 잘 어울리는 한 폭의 그림이었다.

징검다리 아래로는 물이 순순하면서도 상당히 빠르게 흘러간다. 물이 흐르다가 강물 한쪽 구석을 파고들어 작은 소를 만드는데, 여기가 쏘가리방죽이다. 쏘가리가 많이 모여 살아 붙은 이름이다. 쏘가리들이 놀기에 아주 적당한 곳이었을 것이다. 쏘가리방죽 아래에는 강바닥이 비탈지고 큰 바위들이 많아 물이 급하게 떨어지며 깊이 파인 소가 있는데, 그곳이 다슬기방죽이다. 유난히 맑고 물빛이 꼭 다슬기 국물처럼 파랄 뿐만 아니라 다슬기가 많기로 유명해 붙은 이름이다.

이 다슬기방죽까지 물은 마을 앞을 직선으로 1천여 미터쯤 오다가, 논과 밭이 다 끝나는 마을 쪽에 산 하나가 강을 가로막으면서 활등처럼 휘어져 요란하게 바위들을 타고 넘으며 부서져 물길이 산을 파고든다. 직선으로 흐르던 강물이 산에 부딪쳐 뒤로 물러서며 쉰다. 그곳에 또 소가 있다. 그 소 위에 진메에서 제일 평평한 밭들이 많아서 평밭이라 불린다. 그 물굽이에 이 일대에서 가장 좋은 통발을 놓는 장소가 있다. 평밭 앞산은 순 너덜겅 산인데 그 산에서 바위들이 굴러내려와 소 주변에는 고기들이 사는 바위가 많고, 강물 속 바위 밑에도 고기 집이 많아 온갖 고기들이 많이 살았다. 그 소를 빠져나간 물은 진메에서 가장 바위가 많은, 너덜겅인 살바위로 향한다. 여긴 무지무지 물살이 센데, 쏘가리가 많기로 유명하다. 여기까지가 진메 마을의 강이다.

꽃등 들고 임 오시면

긴 어둠을 뚫고
새벽닭 울음소리 들리면
김 나는 새벽 강물로
꽃등 들고 가는
흰옷 입은 행렬을 보았네.
때로 흐를 길이 막히고
어쩔 때 부서져도
흘러온 길이 아득하고
흐를 길이 멀고 멀다면
흐르는 일이야 우리 얼마나
행복한 일이랴.
범람하여 헛된 땅 메우고
우리 땅 되살리며
꽃등 들어 임의 얼굴 비춰보며.

진메 사람들의 삶을 늘 간섭하고 때론 좌지우지하던 강에서 숱한 이야기들이 생겨났고, 앞산 산밭에 보리가 파랗게 싹이 돋아 비치면 강물에는 푸른 물이 들었다. 산의 색깔에 따라, 하늘의 색깔에 따라 강물의 색은 변했다. 강물은 흐르며 동네로 계절을 실어오고 실어갔다. 새봄이 되어 버들가지에 움이 트면 고기들은 완전히 풀려나왔고, 아이들이 먼저 강물에 낚싯줄을 담가 반짝이는 피라미들을 낚아 빙빙 돌리며 "낚았네!" 하고 소리를 지르며 물가로 나왔다. 봄이 온 것이다. 아직은 시린 물에서 빨개진 손과 맨발로 아이들이 고기를 낚았다. 아이들은 여름이면 하루 종일 강물 속에서 놀다가 가을이 되면 강물에서 나왔고, 겨울이 오면 꽝꽝 언 강 위에서 얼음지치기를 하며 해 지는 줄 모르고 놀았다.

날씨가 점점 풀리고 우기가 다가오면 섬진강 댐의 문을 수시로 열어 물을 흘려보냈다. 냇가에서 다슬기를 잡거나 고기를 잡고 소꿉장난을 하며 놀다가 강기슭의 하얀 모래나 죽은 다슬기 껍데기가 둥둥 뜨면 댐의 물문이 열렸다는 신호였다. 깨끗하게 마른 모래가 둥둥 뜨면 아이들은 물 위로 나온 돌멩이들의 끝을 보았다. 아주 조금 물 위로 나온 돌멩이들이 물에 잠기면 가만히 귀를 기울였다. 그러면 어디선가 들릴 듯 말 듯 물소리가 들려오는데, 마치 먼 곳에서 들리는 포소리 같았다. 쿵쿵쿵 아주 작고 희미한 소리가 울리는 것이다. 그 소리를 듣고 아이들은 강 건너에다 대고 고함을 질렀다.

"물이여! 물이여, 물 부네, 물 불어!" 두 손을 모아 나팔 불듯 고함을 치면 강 건너에서 일을 하던 사람들이 연장을 내팽개치고 강가로 내달아왔다.

그때쯤이면 동네 저 윗녘 무당밭골엔 퍼런 물이 하얀 물보라를 데리고 들이닥쳤다. 힘센 남자들이 여자들의 손을 잡고 파란 물을 건널 때, 아주머니들은 줄줄이 손을 잡고 물 위에 둥둥 떴다. 아, 파란 물결 위에 줄줄이 손을 잡고 물을 건너던 그 모습이 지금도 생생하다. 온 동네 사람들이 강 저 건너에서 마음을 조이며 소리를 질러 물을 건너오는 사람들을 응원했다. 아! 그 아름다운 모습들은 자연이 만들어낸 완벽한 아름다움이었다. 그렇게 물과 같이 살았지만 우리 동네에선 물 때문에 죽은 이가 한 사람도 없었다. 그래서 우리 동네 앞강을 '깨끗한 물'이라고들 했다.

여름이 되면 댐물을 더 자주 텄다. 시도 때도 없이 큰물이 강을 메우고 흘렀다. 비가 오지 않는데도 댐물을 틀 때는 물의 양이 그리 많이 나가지 않았다. 사람들이 힘써 건널 수 있었다. 그러나 비가 조금 와서 물이 불어 있을 때 문을 또 트면 강물은 건널 수 없을 정도로 불어났다. 그때는 먼 길을 돌아와야 하고, 젊은 청년들만 두루바위 위에서부터 헤엄쳐 물을 건넜다. 소는 고삐를 풀고 강으로 몰아넣었다. 소는 강을 잘도 건넜다. 그 큰 몸은 다 물속에 담그고 머리만 물 위로 내놓고 헤엄쳐 건넜다. 개도 그랬지만 강 이쪽에 있는 사

람들은 소가 물가로 나오면 얼른 달려가 둘러싸고 기뻐했다. 소와
개를 다 건넨 사람들은 지게에 짐을 지고 장산 아랫길을 따라 천천
히 걸어 이웃 물우리 마을로 해서 중원으로 새말 동네를 돌아 내집
평 들을 지나 집으로 돌아왔다.

섬진강 푸른 물결

큰비가 오면 강물은 엄청나게 불어났다. 큰비가 오면 붉은 흙탕물이 강변을 꽉 메우고 흘러갔다. 비가 많이 오면 물은 벼락바위를 넘어 주변의 바위들을 모두 감춰버리고, 강변을 다 잡아먹어버렸다. 저녁때부터 시작해 밤새워 비가 오면 사람들은 잠을 이루지 못했다. 앞산 골짜기에서 물이 내려오며 쿵쿵거리는 소리, 큰물이 흐르며 강바닥의 큰 돌들을 굴리는 소리가 잠자리를 불안하게 했던 것이다. 꼭 물이 방문 앞까지 들이닥칠 것만 같아 마음을 졸였다. 깊은 밤에도 나이 많은 어른들은 이따금 강가에 나가 물이 어디까지 왔나 살펴보고 돌아와 가족들을 안심시켰다.

아침에 일어나보면 물은 생각보다 적게 불어나 있을 때도 있고,

생각보다 엄청나게 불어나 있을 때도 있었다. 물이 많이 불 때는 느티나무 뿌리까지 강물이 출렁이며 강 골짜기를 가득 메우고 흘러갔다. 큰물은 물살도 거셌다. 큰 바위가 있는 곳의 물살은 산을 삼킬 것처럼 무서웠다. 강굽이를 돌아가는 강물은 거대하고 빨랐다. 큰물이 일으키는 큰 물살이 강 가까이에 있는 밭의 고구마를 다 캐놓기도 했고, 강가의 논을 다 덮을 때도 있었다.

큰물이 흐르는 날 아침이면 사람들은 어슬렁어슬렁 모두 물가로 나왔다. 그리고 도도하게 흐르는 물가에 앉아 물 구경을 하였다. 어른들은 여기저기에 쭈그리고 앉아 물살을 하염없이 바라보며 오랫동안 앉아 있기도 했고, 아이들은 강기슭으로 올라오는 물결과 놀았으며, 청년들이나 젊은 사람들은 어느새 낚싯대를 챙겨와 메기나 자라, 그리고 자가사리를 낚았다. 젊은 아낙네들이나 처녀들은 이웃집 아기를 등에 업고 마을 앞에 나와 물을 보며 놀았다. 큰물이 흐르는 동네의 역동적인 모습은 거대한 파노라마를 연출해냈다.

물이 불면 고기들은 큰 물살을 피해 강기슭으로 모여들었다. 투망을 던지기도 하고, 물이 한참 불어날 때는 커다란 소쿠리로 강바닥을 닥닥 긁기만 해도 고기들이 소쿠리 속에서 펄펄 뛰었다. 큰물이 나면 제일 많이 잡히는 고기가 자가사리였다. 이 자가사리는 물이 흐르다가 순순하게 멈추는 곳에 많이 모이는데, 한참 붉덩물이 나갈 때면 정말 잘 물었다. 자가사리 낚싯줄은 모줄 굵기의 삼줄로 꼬아 만드는데, 낚싯대는 물론 대나무다. 자가사리 낚싯대의 길이는 보통 낚싯대 길이로 하면 되지만 끝이 나끈나끈하지 않아도 되었다. 가는 삼으로 두 발쯤 되는 낚싯줄을 잘 꼬아서 제일 끝에는 아기 주먹보다 조금 작은 돌멩이를 헝겊으로 싸서 매단다. 그다음 반 뼘쯤 위에 연필보다 조금 가는 막대기를 가로로 매다는데 막대기 길이는 만년필 길이쯤이면 된다. 그리고 그 막대기 끝에 낚시를 양쪽에 두 개 매다는데 낚싯밥은 지렁이다. 자가사리 낚시는 찌가 없어도 된다. 낚시에 지렁이를 꿰어 던져놓으면 자가사리가 지렁이를 입에 물고 요동을 치는데, 그 요동의 감각이 낚싯줄을 타고 와서 낚싯대를 쥐고 있는 손에 와 닿는다. 이때 세 번쯤 두근두근두근할 때 낚싯대를 휙 낚아채면 영락없이 커다랗고 누런 자가사리가 발버둥을 치며 낚싯줄에 매달려 있다.

어떤 때는 두 마리가 한꺼번에 물기도 했다. 메기나 자라가 걸리기도 했다. 이 낚시는 찌가 없이 감각으로 하기 때문에 밤중에도 할 수 있고, 비 올 때 도롱이를 쓰고 할 수도 있다. 자가사리 낚싯대를 물에 던져놓고 앞산이나 물살을 바라보고 앉아 있는 모습은 여간 한적해 뵈지 않는다. 그러다가 느닷없이 휙 낚아채면 자가사리가 낚싯줄에 딸려 나오는 그 맛이라니. 참으로 신나는 낚시질이었다. 물이 많을 때는 물가에 불빛이 빤짝거렸는데, 낚싯밥을 꿰기 위한 등불이다. 저물녘 지렁이를 잡아 깡통에 담아 강가로 나가 낚싯대를 강물에 처음 던지면 가슴이 두근거렸다. 그때의 가슴 뛰는 느낌이 지금도 생생하다. 자가사리는 큰물이 다 빠졌을 때도 잘 낚였다. 손 길이의 연필만한 대나무 끝에 아주 짧게 줄을 달고 지렁이를 꿰어 바위틈에 넣고 있으면 영락없이 자가사리가 문다. 작은 막대기를 타고 자가사리의 요동치는 몸짓이 느껴지면 낚싯대를 쑥 잡아 뺐다. 그럼 낚싯대 끝에 자가사리가 딸려 나온다. 그럴 때 낚은 자가사리 몸은 검은색에 가깝다.

물이 불면 피라미 낚시도 잘된다. 앞냇가는 하루 반쯤 붉덩물이 나가지만 우골 골짜기에서 나오는 물은 한 시간 정도 붉덩물이 흐르다가 금세 맑아진다. 피라미들이 이 맑은 우골 도랑물로 다 모여든다. 말 그대로 새까맣게 모여든다. 붉덩물과 맑은 우골물이 합수되는 그 중간이 고기들이 잘 물기로 유명하다. 한창 잘 물 때는 한 줄에 낚시를 두세 개씩 매달면 두세 마리가 한꺼번에 물기도 했다. 오죽 고기가 잘 물면 우리 동네 꺽지 낚시꾼인 성만이 양반이 '물면 넣고 물면 넣고'라는 말을 '문 놈 넣고 문 놈 넣고'라고 했겠는가.

이 피라미 낚시는 좀 특이하다. 이른 봄부터 늦은 여름까지 할 수 있는데 앞개울 어디서나 다 잘 낚였다. 내가 초등학교 다닐 때만 해도 낚시와 낚싯줄, 낚싯대는 거의 집에서 만들었다. 바느질을 하는 바늘을 낚시처럼 휘게 하거나, 바늘이 없으면 좀 뻣뻣하고 강한 철사 끝을 숫돌에 날카롭게 갈아 작은 나뭇가지에다 대고 감듯 휘면 바로 낚시가 되었다. 큰 고기가 물면 낚싯바늘이 뻐드러지고 미늘(고기가 물면 잘 빠지지 않도록 돌출된 곳)이 없기 때문에 고기가 물어도 잘 빠졌다. 그래서 고기가 물었다 하면 낚싯대를 빙빙 돌려 낚싯줄을 팽팽하게 해야 했다. 낚싯대는 늦가을에 동네 대밭에 가서 작고 길고 반듯하고 짱짱한 놈을 골라 마디를 잘 다듬어 대나무 밑동에 큰 돌멩이를 달고 다른 끝엔 노끈을 달아 나무에다 겨우내 매달아두면 짱짱하고 곧게 되었다.

그때는 지금같이 질긴 낚싯줄이 없었기 때문에, 가는 명주실을 잘 꼬아서 감물을 들여 만들었다. 그렇게 만든 낚싯대와 낚싯줄 끝에 낚시를 달고 그 위에 찌를 만들어 달았는데 찌는 몽당연필만한 크기와 길이의 마늘종 마른 것으로 만들었다. 마늘종은 여름까지 하얗게 말라 있고 가벼워 물에 잘 떠서 찌로는 아주 그만이었다. 물의 깊이에 따라 찌의 높이를 조절할 수가 있었다. 낚싯밥은 거미나 메뚜기, 파리를 썼다. 물이 불면 강변에 있던 온갖 벌레들이 물에 쫓겨 강기슭으로 기어올라와서 강가엔 벌레들이 아주 많았다. 메뚜기나 거미 또는 귀뚜라미를 동생이 손 가득 잡기도 하고, 미리 집에서 페니실린 병 가득 파리를 잡아오기도 했다. 강에서 낚시를 시작하기 전에 메뚜기나 귀뚜라미, 거미를 잡아 페니실린 병에 넣기도 한다. 물이 크게 불 때는 그렇게 낚시질을 하지만 보통은 아무 곳에나 가도 피라미는 잘 물었다. 누구든지 쉽게 할 수 있는 낚시가 이 피라미 낚시였고, 자가사리 낚시였다.

피라미 낚시는 봄에 새 물이 나갈 때 아주 잘됐다. 또 여름날 해 넘어갈 무렵엔 낚싯밥 없이 빈 낚시만 던져도 고기가 물 때가 있었다. 해 질 무렵이면 물 가까이 하루살이들이 날기 때문에 그 하루살이들을 채먹으려고 고기들이 소낙비 오듯 뛰어올랐다가 떨어지는 바람에 강물에는 비가 오는 것처럼 수도 없이 많은 물결이 일었다. 물벌레라는 벌레는 땅에 박힌 돌멩이를 들면 거기 작은 자갈들을 모아 실 같은 것으로 누에 집같이 집을 짓고 살았는데, 이 물벌레도 미리 페니실린 병에 가득 잡아두고 손에 든 채 낚시를 했다. 이 물벌레는 다른 낚싯밥과 달라 고기가 서너 마리쯤 물어도 끄떡없었다. 그보다 더 좋은 낚싯밥은 다슬기였다. 다슬기를 잡아 깨서 그 알갱이를 낚시에 꿰어 썼는데, 이 다슬기 알갱이는 단단해서 고기가 물어도 물어도 떨어지지 않아 한 번만 꿰어놓으면 몇십 마리를 낚을 수도 있었다. 이런 약간의 속임수들은 해 저물 녘 고기들이 잘 물 때만 그렇게 했다.

이 피라미 낚시는 물살이 심하지 않게 흐르는 여울이나 여울목에서 잘됐다. 낚싯대를 휘둘러 물에 띄워놓고 동동 떠 있는 찌를 바라보다가 찌가 갑자기 곤두박질을 치거나 쭉 딸려갈 때 얼른 낚싯대를 잡아채면 된다. 나는 어렸을 적 주로 집안일로부터 놓여나는 저물녘에 나가 낚시질을 많이 했다. 잠깐 동안에 긴 꿰미로 한 꿰미씩

고기를 낚곤 했다. 펄펄 뛰는 싱싱한 물고기를 잡아오면 아버지는 고추장을 찍어 잡수시곤 했다. 몇 년 전까지만 해도 나는 내 아들 민세를 데리고 노딧거리에서 피라미 낚시질을 했다. 지금은 물이 더러워서 고기를 잡아도 잘 먹지 않는다.

이야기가 어떤 데로 가버렸다. 이야기를 다시 큰물로 돌리자. 큰물이 마을 앞길을 덮고 큰길 위의 느티나무 뿌리를 넘으면 강 가까이 있는 논까지 물이 들어간다. 논둑을 무너뜨릴 만큼 큰물은 아니지만 물에 잠긴 곡식들의 피해가 적지 않다. 논에 물이 넘치면 논둑 안으로 또 고기들이 따라 들어오게 마련이어서 논에 물이 빠지기 시작하면 자연스럽게 고기들이 물을 따라 강으로 나가기 위해 물꼬로 모여든다. 이때를 놓치지 않고 마을 사람들은 그 논 물꼬에 통발을 놓는다. 물이 상당히 많을 때 이 일을 해야 하므로 여간 위험하고 힘든 일이 아니다. 동네 사람들이 다 모여들고, 그중 물을 잘 타는 사람이 통발을 가지고 물꼬가 있는 곳으로 들어간다. 허리엔 만약을 대비해서 새끼줄을 달고, 어떻게, 어떻게 물꼬를 찾아 통발을 놓고 한참을 기다리면 물이 서서히 빠지는데 한 시간쯤 후 가서 통발을 떼어온다. 그때는 두서너 명이 가야 한다. 통발 가득 온갖 물고기들이 들어차 있기 때문에 혼자는 통발을 들지도 못했다. 이렇게 몇 번만 통발을 놓았다 떼었다 하면 금방 큰 통 몇 개에 고기가 그득해졌다. 온갖 종류의 물고기들이 말이다. 참으로 신나는 일이었다.

물이 더 빠져 논두렁으로 남실남실 넘치면 논 안에 들어 있는 고기들이 논둑을 펄쩍펄쩍 뛰어보기도 하고, 파도가 올 때 얼른 파도를 타고 논두렁을 넘어 나가기도 하는데 이때 우리는 삽을 들고 있다가 물을 타고 논두렁을 넘는 메기나 뱀장어를 삽으로 쳐서 잡기도 했다. 큰물이 다 빠지면 동네 큰길 아래 강변이 다 드러나기 시작한다. 이때 강변 곳곳에 웅덩이가 많이 생기기도 하고 깨끗한 자갈들이 강변 가득 하얗게 깔리기도 했다. 물이 며칠 만에 쭉 빠지는 것은 아니다. 물이 더디게 빠지는데다 댐 문을 자주 열어 또 물이 불어나게 하고, 댐 문을 닫아 물을 줄게 한다. 댐을 터서 물이 불어날 때 고기잡이 도구는 소쿠리다. 소쿠리를 풀포기 밑에다가 대고 쭉 훑으면, 풀 속에 숨어 있는 '징검살이'라는 민물새우가 소쿠리 속에서 툭툭 뛴다. 한 번에 대여섯 마리씩 잡힐 때도 있고 물만 차르르 빠질 때도 있다. 민물새우는 크게 세 종류가 있는데, 붕어 낚싯밥을 할 수 있는 아주 작은 새우, 하얀 모래밭에 사는 몸이 맑고 투명한 새우, 그리고 바위 속에 사는 새우 등이 있다. 이 새우는 없어진 지 오래되었다. 조금이라도 물이 더러우면 씻은 듯 없어지는 게 이 새우다. 요즈음 나는 섬진강 상류에서 이 세 가지 민물새우를 본 적이 없다.

이따금 큰비가 와서 큰물이 나가면 강변은 느닷없이 대청소가 되고, 그동안 강물에 끼었던 물때들도 깨끗이 씻겨나간다. 그리고 새물이 흐르므로 물은 더없이 맑고 투명하고 깨끗했다. 그냥 마실 수

도 있었다. 겨울에 나무를 해서 산에서 내려오다가 징검다리에서
쉬다가 강에 엎드려 강물을 벌컥벌컥 들이켜기도 했다.

구 댐이 작아 신 댐을 막은 후로 섬진강은 그 푸른 물줄기가 줄어
들었고, 큰물이 나가지 않으니 물가에 있던 갯버들과 풀이 강물을
다 잡아먹어 강폭은 크게 줄어들었을 뿐만 아니라 물속이나 강변
청소가 되지 않아 강이 크게 오염되었다. 비가 와서 강물이 크게 불
어나면 물과 함께 벌어졌던 온갖 놀이는 사라졌다. 이제 아무도 물
놀이를 즐기지 않고 그럴 사람도 농촌에는 없다.

어느 해던가 비가 오고 큰물이 빠질 즈음 댐의 수문을 크게 열어
느티나무 바로 아래까지 물은 며칠 동안 푸르게 나갔다. 사람들이
느티나무 그늘에 앉아 놀고 있는데, 그 느티나무 그늘이 큰물에 떠
서 강 가운데쯤 갔을 때, 우리 동네 아래쪽 마을에서 순경이 웬 젊
은이를 포승줄로 묶어 데려가다가 느티나무 아래에서 쉬고 있었다.
순경이 잠깐 한눈을 파는 사이에 그 기피자라는 사나이는 잽싸게
몸을 날려 강물로 뛰어들었다. 순식간이었다. 그 사람은 그 맑고 푸
른 저물녘 물결을 타고 강을 건너갔다. 강 건너 기슭에 닿은 그 사람
은 냅다 산으로 뛰어올라갔다. 순경이 가지고 있던 총을 겨누어 쏘
아댔지만, 그 사람은 마구 산으로, 산으로 올라가버렸다. 그때 그
햇빛이 맑게 담긴 물빛과 푸른 정자나무 그늘이 뜬 맑고 투명한 강
물을 나는 지금도 잊을 수가 없다. 손만 내밀면 시리고 시원하게 닿

을 것 같은 그 강물, 그 강물은 이제 영원히 흘러가버린 것일까?

아, 그리운 강물이여! 산그늘 뜬 큰 강물이여! 흐르는 물을 구경하던 등짝이 적막하던 사람들이여! 그 아름답고 해맑던 날들이여!

• • •

2011년 여름 어느 밤 시골 어머니에게서 전화가 왔다.

"용택아, 큰일 났다. 강물이 시방 우리 집 마당 앞까지 불었다. 어쩐다냐, 나는 시방 통장을 가지고 성이네 집으로 도망간다. 어쩐다냐, 저 물 좀 봐라, 무섭다. 살다가 살다가 이런 일은 또 첨이다. 아녀, 오지 마라. 길들이 다 막혔다."

비가 많이 와서 강물이 우리 집 바로 아래 논두렁을 넘었던 것이다. 강변을 가득 메우고 흐르는 강물은 무섭다. 특히 밤물은 더 무섭다.

제2부

———

옛이야기

그 집

내가 최초로 기억하는 우리 집은 두 칸짜리 초가집이었다. 그 집은 6·25가 끝난 후 피란생활에서 돌아와 아버지께서 동네 사람들과 뚝딱뚝딱 지은 집이었다. 부엌 한 칸, 방 한 칸이었는데 지붕은 산에서 억새를 베어다 엉성하게 이었기 때문에 누워서 천장을 보면 풀잎이 송두리째 보였고 서까래와 풀잎 사이로 쥐들이 지나다녔다.

그 집에 구렁이란 놈이 살았는데 어찌나 크던지 어느 해 부엌에서 민병대의 총으로 잡은 적이 있다. 들에서 어머니랑 돌아온 어느 날, 내가 배가 고파서 살강에서 김치를 내려 한 가닥 집어 고개를 쳐들고 크게 입을 벌려 김치 끝을 입속에 막 넣으려는데, 부엌 천장에 허연 것이 꿈틀거리고 있었다. 나는 벌린 입을 다물지 못하고, 크게 뜬 눈을 딴 데로 돌리지도 못한 채 그대로 얼어버렸다. 참으로 대단한 먹구렁이였다. 요즈음 부르는 게 값이라는 먹구렁이였다. 그놈의 흰 배가 보였던 것이다. 나는 슬슬 뒷걸음질을 쳐서 부엌을 빠져나와 돌아서서 뛰었다. 그길로 동네 보루대에 있는 아저씨를 찾아갔다. 그 아저씨는 총을 가지고 달려와 "지독하게 크다, 그놈의 배암" 어쩌고 하면서 총알을 한 발 장전했다. 그리고 머리 부분을 조준해 딱꿍, 총을 쏘았다. 지붕이 들썩하고 뱀이 꿈틀했다. 피가 한참 있다가 뚝 떨어졌다. 그래도 뱀은 떨어지지 않았다. 그 아저씨는 또 한 방을 장전해 쏘았다. 한참 있더니 뱀이 스르르 몸을 풀고는 털버덕 부엌 바닥에 떨어졌다. 나는 뱀을 강변으로 가져다가 꼬실렀다. 그때는 뱀을 잡으면 모두 불을 놓아 지글지글 다 탈 때까지 꼬실라버렸다. 그래야 뒤에 해코지를 하지 않는다고 했다. 그 시절은 뱀 천지였다. 달걀을 삼킨 누런 구렁이가 기둥을 친친 감고 힘을 써서 뱃속의 달걀을 깨뜨리는 것을 흔히 볼 수 있었다.

뱀 이야기를 하나 더 하자. 어느 날 삼베옷을 빳빳하게 다려 입은 농부가 산으로 풀을 베러 갔단다. 풀갓이 좋은 데를 골라 막 지게를 벗으려고 하는데 이상한 냉기가 확 끼치더란다. 깜짝 놀라 오싹해진 그 농부는 그만 기겁을 하며 지게고 낫이고 다 내팽개치고 오던 길을 향해 들입다 뛰었단다. 뱀이 있었던 것이다. 뱀도 그냥 뱀이 아니라 '칠점사'라는, 한번 물리면 천하 없는 사람도 죽는다는 무서운 뱀 중의 뱀이었단다. 후닥닥 돌아서서 뛰는 순간 뱀이 쉭 쫓아오는 기미가 있어 정신없이 지그재그로 뛰어—뱀은 직선으로 쫓아오기 때문에 지그재그로 뛰어야 한다는 이야기를 우리는 늘 들었다—단숨에 집까지 왔더란다. '이제 살았다, 나는 살았어.' 한숨을 푹 놓고 마루에 턱 걸터앉아 고개를 숙여 바짓가랑이를 들여다본 이 농부는 그만 뒤로 벌렁 까무러치고 말았단다. 삼베 바짓가랑이에 그 칠점사가 달려 있었던 것이다. 나중에 다른 사람들이 와서 보니 그놈의 뱀이 바짓가랑이를 무는 바람에 이빨이 삼베에 걸려 빠지지 않았던 것이다. 한번 물면 잘 빠지지 않게 낚싯바늘처럼 생긴 뱀 이빨이 삼베 올에 끼여버린 것이다. 바짓가랑이에 달려 있던 뱀은 농부가 어찌나 정신없이 뛰었던지 발목에 치이고 돌멩이에도 부딪치고 나무에도 부딪치는 바람에 죽었던 것이다.

그 집은 방이 하나였기 때문에 아버지는 늘 동네 성만이 양반네 사랑방에 가서 망태나 덕석 등을 만들며 지내셨다. 워낙 솜씨가 없어서 아버지가 만드신 것은 볼품이 없었다. 어머니는 그 단칸방에서 베를 짜셨다. 우리는 아랫목에 누워 어머니의 베 짜는 소리를 들으며 잠이 들었다. 식구가 늘어나 집이 좁아지자 그 집 앞쪽에 새로 집을 지었다. 방이 두 개였고 부엌은 까대기로 내달았다. 원래 초가 두 칸 집에는 팔남이란 아저씨가 곁방을 살았는데, 그분은 발동기로 우리 동네 쌀 방아도 찧어주고, 보리 방아도 찧어주고 삯을 가져갔다. 그 집에서 상당히 오래 살았다. 길가에 문이 하나 나 있는데, 비가 많이 온 날이면 고샅으로 빗물이 콸콸 흘러가는 소리가 저녁 내내 났다. 아침에 일어나면 산에서 내려오는 맑은 물이 참으로 좋았다. 그 물에 걸레를 빨아 초석으로 된 방을 닦았다.

그 집에 동네 처녀총각들이 많이도 놀러와 온갖 서리를 다 해다 먹었다. 남의 집 김치 내다먹기, 무 내다먹기 등 서리란 서리는 다 하고 심지어 고구마 캐다 삶아먹기, 옥수수 따다 쪄먹기까지 했다. 누님들은 족집게로 이마의 잔머리를 뽑아 이마를 반듯하게 다듬었다. 누님들은 또 이마의 개털들을 식은 화로에서 재를 묻혀 뽑거나 바느질 실로 이상하게 만들어 뽑기도 했다. 그 집의 방 하나는 광으로 쓰였다. 쌀독, 감자 가마니들이 쌓여 있고 불이 잘 들지 않아 늘 냉기가 돌았다. 우리는 거기서 성냥골 내기 민화투를 치면서 놀았다.

나는 그 집에 살 때 겨울 새벽이면 늘 일찍 일어나 장작으로 군불을 때서 물을 데웠다. 불쏘시개를 밑에 깔고 그 위에 삭정이를 놓고 장작을 엇갈려 쌓은 다음 쏘시개에 불을 붙이면 어김없이 장작에 불이 붙었다. 장작이 타는 그 불빛이 나는 좋았다.

아버지는 집을 새로 짓기 위해 산에서 나무들을 베어 나르셨다. 깊고 높은 산에서 나무를 베어 옹이를 따고 낫으로 껍질을 벗겨 송진을 뺀 다음 풀로 덮어 그늘을 만들어 말렸다. 송진이 다 빠지면 아버지는 나무들을 져 날라 다시 그 집에 헛간을 만들어 차곡차곡 쌓아 말렸다. 기둥감, 서까랫감, 개봇감, 상량감, 마룻감 등 아버지는 얼마 동안 아니 몇 년 동안 그렇게 집을 지을 나무를 해 나르셨다.

드디어 목수가 왔다. 목수는 처음엔 대목과 소목이 있었는데 나중엔 순창에서 대목의 동생도 모셔왔다. 형제 사이인 두 대목은 투망 잘 던지는 큰아버지의 처남 되는 분들이었다. 두 분은 아침부터 해가 질 때까지 먹줄을 튕기고 여러 가지 연장으로 자르고 구멍을 뚫고 깎아내 나무를 다듬었다. 제일 어려운 것은 기둥을 둥그렇게 다듬는 일이었다. 자귀나 도끼로 깎고 다시 다른 연장으로 웬만큼 다듬고 마지막으로 대패로 매끄럽고 둥글게 다듬었다. 하얗게 벗겨진 대팻밥으로 불을 피우면 불빛이 파랬다. 거기서 나는 연기는 아주 맑고 새파랬다. 날마다 마당엔 연기가 파랗게 치솟았고 모닥불이 이글거렸다.

기둥감이 하얗게 다듬어져 쌓였다. 어두운 밤에 밖에 나가다보면 기둥나무들이 너무나 하얘서 깜짝깜짝 놀라기도 했다. 동네 사람들이 찾아와 술도 먹고 밥도 먹었다. 마당엔 사람들이 늘 끊이지 않고 모여들어 목수 연장으로 지게도, 쟁기도, 구유도 만들고 자투리 나무로 여러 살림도구들을 만들어 갔다. 그러면서 목수 일을 도왔다. 기둥감도 들어다 쌓아주고 먹줄 튕기는 일도 도와주고 목수의 말동무도 되어주었다.

서까래, 기둥, 개보(대들보), 상량이 잘 다듬어져 쌓이자 동네 사람들이 모여 주춧돌 위에 기둥을 세웠다. 아, 신기했다. 사람들은 그 한 개의 기둥을 하얗게 받쳐 세워놓고 그 아래 둥글게 앉아 술을 들었다. 검은 산그늘에 수직으로 반듯이 선 하얀 기둥. 그 기둥은 지금도 희다 못해 푸르게 내 가슴에 서늘히 세워져 있다. 이제 이 기둥, 저 기둥이 세워지고 기둥과 기둥을 잇는 나무들이 맞추어졌다. 네모 반듯하게 집이 섰다. 그리고 집의 역사를 새긴 글을 써서 상량을 올리고 그 아래에서 상량떡을 먹었다. 네모가 반듯반듯하게 선 기둥나무 아래에서 동네 사람들이 너나없이 모여 떡과 술을 먹었다.

하얗게 떠오른 집의 뼈대, 나는 달밤에 혼자 나와 그 집을 쳐다보았다. 우리 집, 그리고 그 집을 나는 내 가슴에 지금까지 그려두고 있다. 그것은 조용한 기쁨이었고 잔잔한 환희였다. 글로 말로는 다 표현할 수 없는 감동으로 지금도 내 손에 묻어날 것만 같다.

집의 뼈대가 다 구성되자 그 위에 서까래를 얹었다. 서까래만 얹은 집을 본 적이 있는가? 그 집 아래에서 하늘을 보았는지, 그 집 아래를 걸어보았는지, 기둥을 한 아름 안고 빙글빙글 돌아보았는지…… 나는 그랬다. 사람들이 모여들어 서까래 위에 장작을 얹어 엮고 그 위에 닥채(껍질을 벗겨낸 닥나무 가지)를 엮어 지붕을 막고 벽은 대나무나 수숫대로 엮었다. 이튿날은 온 동네 사람들이 다 모여들었다. 지게와 바작을 짊어지고 괭이 들고 삼태기 들고 삽 메고 다 모여들었다. 어른들은 집 앞 텃논에 흙구덩이를 만들었다. 까만

논흙을 조금 파면 금세 황토가 나왔다. 그 흙을 파다가 마당에 부리고 작두로 짚을 한 뼘씩 짧게 썰어 물을 붓고 이겼다. 마당에 흙이 가득했다. 흙을 밟아 이기는 장딴지에 푸른 핏줄이 꿈틀거렸다. 한쪽에선 흙을 이기고 물을 긷고 밥을 하고 장난을 하고 청년들은 지붕에 올라갔다. 사다리를 타고 앉은 사람은 배구공만한 흙덩이를 휙휙 던져 중계하며 꼭대기부터 차근차근 지붕을 덮어갔다.

"영차, 영차, 어기영차."

사람들은 온몸이 흙범벅이 되어갔다. 흙덩이를 사다리에 앉은 사람에게 던져주다 일부러 밑으로 떨어뜨리면 지나던 사람이 머리통에 맞아 흙을 뒤집어썼다. 사람들은 끊임없이 장난하고 욕하고 떠들고 웃고 하면서 손으로 흙일을 했다. 일은 리듬이, 가락이 되어 신바람을 몰고 왔다. 차츰차츰 하늘이 가려지면서 방에 어둠이 드리워졌다. 그것은 밤의 시작이었다. 그러면 긴 봄날의 하루해가 꼴딱 뒷산을 넘어갔다. 으스스 추워지기도 했다. 사람들도 집도 온통 흙범벅이었다. 사람들은 저녁밥을 먹고 연장들을 챙겨 집으로 돌아갔다. 삯도 주지 않았다. 두레였고 품앗이였다. 동네 사람들이 다 돌아간 뒤 아버지와 나(아, 그때 나는 중학생이었다)는 지붕에 흙이 덮인 이 방 저 방을 둘러보았다. 하늘이 가려진 방들을.

아버지는 틈만 나면 나래(이엉)를 엮으셨다. 아침에 일어나면 아버지는 벌써 나래를 길게 엮어 한 아름이 더 넘게 똘똘 말아 세워두셨고, 달이 뜨면 밤늦도록 달빛 아래서 나래를 엮으셨다. 그렇게 엮어 쌓아둔 나래로 지붕을 이었다. 아, 노랗고 둥그스름한 초가지붕 집이 된 것이다. 그다음에 벽을 바르고 방구들을 놓았다. 불이 지펴졌다. 굴뚝으로 연기가 퐁퐁 나가고 방에서 여기저기 연기가 샜다. 하얗게 말라가던 방바닥의 흙과 흙냄새. 광을 놓고 마루를 놓고 문을 달아야 했지만 그땐 그럴 형편이 못 됐던지, 우린 그냥 마루도 문도 없이 방바닥에 덕석을 깔고 문은 가마니때기로 막은 채 이사를 들었다. 그후 아버지는 온갖 정성을 다하여 문을 사다 달고 마루도 놓으셨다.

초벽만 바른 그 집. 귀뚜라미가 와서 울고 벽 틈으로 별들이 보이고 달빛이 하얗게 새어들었다. 세월이 자꾸 흘렀다. 아버지는 집에 심혈을 기울이셨다. 지붕도 두껍게 이고 처마 끝도 낫으로 가지런히 베어 모양을 내셨다. 세월이 가면서 그 집은 점점 완성되어갔다. 그 집에서 동생 다섯, 아버지, 어머니 우리 여덟 식구가 살았다. 첫 이사를 들던 날 밤, 집은 완성되지 않았지만 밤을 새워 농악판을 벌였다. 그렇게 저렇게 이제는 다시 돌아올 수 없는 세월이 갔다. 동생들은 자라는 대로 그 집을 하나둘 떠났지만 나는 그 집에서 떠나지 않고 오래오래 살았다. 그리운 그 집엔 온갖 것들이 함께 살았다. 새와 별과 달과 해, 온갖 벌레들, 구렁이와 소와 토끼가 살았다. 해가 가고 달이 가고 어느 때인가 나는 그 집에서 시인이 되었다.

1986년 아버지는 당신이 짓고 살아온 그 집 큰방에서 세상을 뜨셨다. 나는 아버지가 숨을 거두시는 끝까지 그 방에 앉아 있었다. 그 집은 흙과 나무와 풀로 지어진 아주 작은 집이다. 오랜 세월이 가면 그 집은 다시 흙과 풀과 나무를 키우는 땅으로 돌아갈 것이다. 아버지처럼. 자기들이 살 집을 직접 손을 보고, 손수 지어 가난하고 단출하고 수수하게 살았던 조상들의 삶의 자세는 위대하고 성스러웠다.

각시바위

   시집온 지 얼마 안 된 새색시가 우골 도랑으로 가재를 잡으러 갔다. 맑고 시원한 도랑물에 들어서서 돌멩이를 떠들 때마다 가재들이 흙탕물을 일으키면서 뒷걸음질을 쳤다. 새색시는 예쁘고 고운 손을 물속에 집어넣고 가재를 잡았다. 자기도 모르게 차츰차츰 가재잡이에 몰두해 먼 도랑물의 중간쯤에 다다랐다. 조그만 웅덩이가 나타났다. 황토색 바위가 깊이 파인 곳에 파란 물이 고여 있었다. 상당히 깊어 보였다. 그 웅덩이 바로 위의 큰 바위 밑으로 갔다. 거기에는 작은 돌멩이들이 여러 개 놓여 있고, 가재들이 밖에서 놀다 집 찾아가는지 흙탕물이 일었다. 새색시는 가슴이 뛰었다. 조심조심 다가가 한 개 두 개 돌을 떠들며 여러 마리의 큰 가재를 잡았다. 옹골졌다. 금세 가재 바구니가 그들먹해지는 느낌이었다. 가재 담은 소쿠리를 한번 추스르고 돌멩이 한 개를 떠들었다. 납작한 바위여서 속엔 여러 마리의 가재가 있을 것 같아 가슴이 조마조마했다. 돌을 살며시 들자 흙탕물이 일며 가재들이 뒷걸음질로 도망갔다. 얼른얼른 가재를 잡아 바구니에 담았다. 거의 다 잡았다. 그때 큰 가재 한 마리가 재빨리 커다란 바위틈을 향해 기어가는 것이었다. 새악시는 얼른 손을 뺐었지만 늦었다. 바위 밑에 깔린 작은 돌 사이로 가재는 재빨리 몸을 숨겼다. 아까웠다. 새악시는 바구니를 벗어놓고 옷을 걷어붙이고 바위 밑으로 바짝 고개를 들이밀고 가재가 들어간 큰 바위 밑 작은 돌멩이를 빼내려고 했다. 끄떡도 안 했다. 새악시는 허리를 펴고 땀을 닦고 머리카락을 쓸어올린 다음 다시 바위 밑으로 허리를 굽혔다. 씩씩거리며 있는 힘을 다해 큰 바위에 물린 작은 돌을 빼내려고 밑을 파냈다. 작은 돌 앞부분이 드러나자 큰 돌을 주워 탁탁 쳤다. 돌이 움직이는 듯했다. 힘을 얻은 색시가 다시 힘껏 그 돌멩이를 옆으로 치자 움직였다. 그리고 돌멩이 밑에 살며시 손을 집어넣었다. 그때였다. 가재가 새악시의 손끝을 꼭 물었다. 얼른 손을 끄집어냈다. 손가락 끝에 선명하게 물린 자국이 보였다. 빨간하게 피가 모여 있었다. 손가락을 입에 집어넣고 쪽 빤다음 다시 그 돌을 힘껏 쳤다. 비 오듯 땀이 쏟아져 적삼이 다 젖었다. 눈으로 땀이 들어갔는지 쓰렸다. 그럴수록 색시는 오기와 함께 힘이 솟았다. 점점 돌이 빠져나왔다. 색시는 뛸 듯이 기뻤다. 돌이 조금 빠지는 듯하자 가재의 앞발이 보였다. 손을 다시 집어넣었지만 가재는 잡히지 않았다. 색시는 마지막 있는 힘을 다해 돌을 내리쳤다. 그때였다. 돌이 빠지면서 무엇인가, 꺼먼 그 무엇인가가 자신을 와락 덮치는 것 같았다. 고함을 지를 사이도 없이, 도망칠 사이도 없이 그녀는 자신을 덮쳐오는 크고 검은 그 무엇인가를 막지 못했다. 그리고 끝이었다. 가재도 색시도 보이지 않았다.

그때 그 근방에서 일하던 한 농부는 쿵 소리에 놀라 두리번거렸지만 골짜기엔 아무 이상이 없었다. 일을 다 마친 농부가 그 도랑으로 땀을 식히러 갔을 때 어쩐지 분위기가 이상해서 바위 가까이 가보니 바위 모양이 변해 있었다. 농부는 고개를 갸웃거리며 두 개의 바위가 겹쳐 있는 곳까지 갔다. 그 아래에서 옷을 벗고 씻으려다가 문득 '아, 그렇구나!' 농부는 그제야 아까 일할 때 쿵 하던 소리가 이 바위에서 났다는 걸 알게 되었다. 한 개의 큰 바위 위에 늘 위태롭게 얹혀 있던 바위가 내려앉아 있었던 것이다. 농부는 참 별일이 다 있구나 싶어 바위 밑으로 가서 주위를 살폈다. 그때 떨어진 바위 밑에 옷고름 같은 것이 삐죽이 나와 물에 젖어 있는 것이 보였다. 예사롭지 않았다. 퍼뜩 정신이 들며 등골이 오싹했다. 바위 밑으로 가까이 가보았더니 가재 바구니가 엎어져 있었다. 얼른 가재 소쿠리를 뒤집어보았다. 농부는 그만 가재 소쿠리를 내동댕이치며 바위로 달라붙어 울부짖었다. 그 소쿠리는 자기 집 것이었으며, 그 옷고름의 주인은 바로 자기 아내였던 것이다. 우골 골짜기가 떠나가도록 고함을 지르며 바위에 힘을 썼지만 어쩔 수 없었다. 농부는 바위를 치며 후회를 했다. 진메 마을로 새로 이사 오거나 시집온 사람에게 꼭꼭 들려주도록 되어 있는 그 바위 이야기를 아내에게 해주지 않았던 것이다. 그 바위 밑에서 절대 가재를 잡으면 안 된다는 말을. 애달픈 일이었다. 진메 사람들은 그 바위를 '각시바위'라 이름 지었다.

지금도 그 바위는 애달픈 전설을 간직한 채 우골 도랑에 있다. 그 바위 밑에 숱하게 많던 가재는 공해에 못 이겨 사라져버렸다. 이제 동네 사람들 누구도 그 바위 밑으로 가재를 잡으러 가지 않는다.

아, 그리운
월파정!

　누구에게나 이제는 가닿을 수 없는 강가에 달빛 머금은 서늘한
풀밭이 있다. 누구에게나 이제는 돌아갈 수 없는 푸른 보리밭 같은
그리움이 있다. 거기에는 전설 같은 것이 깃들어 있어 언제라도 그
문을 열면 그리움으로 아스라이 다가오는 그림들이 있다. 푸른 이
마, 싱싱한 어깨, 억센 주먹, 거침없는 발길들…… 인생의 복판에
들어서기 전의 치기만만한 배짱이 있으며, 아무 곳에나 막힘없이
밀고 들어가 부딪치고 부서지는 눈부심이 있다. 그리고 그 싱싱함
과 푸르름 뒤에 도사린 외로움과 고독, 인생에 대한 허무와 두려움,
사랑을 향한 열정이 있다. 푸른 새벽 산등성 같은 신선함이 누구에
겐들 없었으랴.

월파정을 바라보면 가슴 설레는 아스라한 추억의 토막들이 내 머리를 스쳐간다. 특히 물우리, 중원, 일중리, 암치, 장산리에서 살았던, 월파정에서 청춘을 보냈던 사람들에겐 달빛 아래 반짝이는 푸른 물결이 가슴에 일 것이다. 푸른 솔밭, 이슬을 머금은 푸른 잔디, 서리가 내린 노란 잔디, 그리고 둥그런 무덤들이 생각나리라. 그곳에는 모닥불같이 따뜻한 청춘의 우정과 사랑이 서려 있었다.

월파정은 물우리 동네의 남쪽에 있는 평평한 동산에 있다. 이 동산은 섬진강을 향해 비스듬히 뻗어가다 우뚝 멈추고 낭떠러지를 만드는데, 그 아래가 이 근방에서 물이 깊기로 유명한 '가마소'다. 그 낭떠러지에 아름드리 소나무들이 특유의 멋과 예스러운 풍광을 만들며 강물에 짙은 그림자를 드리운다. (이 근방 사람치고 그 소나무에 기대 찍은 사진 한 장 없는 삶은 되게 별 볼일 없이 청춘을 보낸 사람일 것이다.) 그 소나무숲 속에 멋들어진 정자가 하나 있으니 그게 바로 월파정이다.

월파정은 먼 데서 보면 날아갈 듯하다. 이 나라의 많은 정자들이 다 그렇듯이 월파정도 강굽이 언덕에 있다. 월파정 주인 물우리 밀양 박씨들은 이 정자에서 시제를 지낸다. 그래서 사람들은 월파정을 '물우리 제각'이라고도 한다. 이 제각 앞 소나무숲 속에 벚나무 두어 그루가 있는데 벚꽃이 필 땐 이 근방의 청춘남녀들이 이 꽃그늘 아래로 다 모여들어 꽃놀이를 했다. 창경궁의 벚꽃놀이나 진해

군항제처럼 공개된 놀이가 아니고 쉬쉬 달빛 뒤에 숨어 동네 총각 처녀 서넛이 모여 소나무숲에 떨어진 달빛을 어깨에 받으며 노래하고 트위스트, 맘보춤을 추며 놀았던 것이다. 벚꽃이 필 때면 해마다 꼭 둥근달이 환하게 떠오르곤 했다.

월파정은 봄부터 일 년 내내 우리의 놀이터였다. 눈곱만한 꼬투리가 있어도 우린 늘 그곳으로 막걸리통을 메고 꾸역꾸역 모여들었다. 막걸리가 잘 팔리던 60년대 후반부터 70년대 초까지 누가 군대를 가거나 집에서는 거들떠보지도 않는 생일이 돌아오면 우리는 월파정에 모여 송별회도 갖고 축하도 해주었다. 방학이 시작되면 모였고 방학이 끝날 즈음에도 그곳에 모였다. 이렇게 젊은이들이 모여드니 월파정 옆에 어떤 사람이 초가를 짓고 술을 팔았다. 그런데 작대기같이 뻣뻣한 남자들만 놀면 무슨 재미가 있겠는가. 그래서 꼭 여자들을 불렀다. 여자들이래야 대부분 가까운 사돈이나 사촌, 친구, 동생 들이었다. 그래도 얼마나 좋았던가. 찬란한 달빛과 싱싱한 젊음, 총각과 처녀 들 사이엔 늘 까발릴 수 없는 감정들이 녹녹하게 녹아 있었다.

나도 월파정에서 부서지는 달빛 아래 첫 입맞춤을 했다. 그녀는 달빛이 새어드는 소나무에 기대 서 있었고 나는 그녀에게 다가가 어색한 입맞춤을 했다. 멀고 아득한 기억의 저편에서 떠오르는 그 소녀도 아마 첫 입맞춤이었으리라. 덤덤한 것도 같고 뭐가 뭔지 모르겠는, 그냥 참 거시기한, 그러나 따뜻했던 그 어색한 입맞춤의 소녀는 열일곱이고 나는 열아홉 살이었다. 세상이 다 캄캄해지는 것 같던 첫 입맞춤을 어느 누가 잊으랴. 월파정은 그렇게 우리에게 첫사랑의 기억을 갖게 해준 푸른 잔디밭이었다.

월파정이 꼭 달콤한 기억만 남겨준 곳은 아니었다. 월파정엔 늘 사람들이 들끓었다. 근방의 어른들은 물론이고 순창이나 임실, 청웅, 강진에서 많이들 놀러왔다. 사람이 끊이지 않으니 노랫소리 장구 소리가 그치지 않았다. 싸움이 벌어져도 월파정엔 무기가 될 만한 돌이 없어서 좋았다. 오직 주먹질이나 발길질뿐이었던 것이다. 그래서 큰 상처가 나거나 지서에 끌려가는 큰 싸움은 별로 없었다. 물론 월파정의 주인공들은 물우리 찬수, 승채, 진메 용조 형, 용식이, 복두, 나, 윤환이, 재홍이였다. 우리가 월파정에 다다르면 다른 패들은 슬슬 피하곤 했다.

지금도 덕치초등학교 교실에서 나는 이 월파정을 바라보고 있다. 이따금 월파정을 보노라면 오만 가지 생각들이 주마등처럼 스쳐지나간다. 관광버스가 등장하면서부터 사람들의 발길이 끊기고 그 소나무숲 아래 푸른 물결도 쓸쓸하게 되었다. 동네에 젊은이들이 없으니 밤에 소나무 그늘에 앉아 사랑을 나누는 이가 있겠는가. 앞마을 '순이', 뒷마을 '용팔이'가 없는 것이다. 지금도 여름철이면 텐트를 가지고 찾아오는 젊은이들이 있기는 하지만, 우리의 축제가 날마다 열리던 그곳엔 우북하게 풀만 자라고 있다. 젊은 청춘들의 발길이 끊긴 월파정 아래 지금도 밤이면 흐르는 물에 달빛만 황홀하게 부서진다. 세월도 가고 청춘도 가고, 그때 거기서 온몸으로 몸부림치던 젊음들이 이제 60대에 접어들었다.

· · ·

가거라 강물아, 월파정에 부서진 달빛아, 나 혼자 그 아래 지금도 있다네.

그 푸른 어깨와 힘센 손짓 들은 없고 푸른 솔만 달빛에 젖는다네.

아, 지금도 내 몸 안에서 식지 않은 것이 있다네. 그 젊은 몸짓들이 있다네.

더러 죽고 흩어지고 고단한 삶을 사는 내 벗들은 지금 저 도시의 휘황한 불빛 아래 무슨 생각을 하며 살고 있을꼬. 찬수, 승채, 용조 형, 윤환이, 재홍이, 복두, 죽은 용식이. 월파정을 향해 고함을 지르며 금방이라도 달빛을 차며 환하게 달려들 것만 같은 내 벗들. 아름다운 동무들. 그리고 지금은 늙어 이따금 명절 때나 만나는 그 청순했던 소녀들.

월파정은 말이 없네.

그 사랑방을
아시나요

　진메 마을 사랑방은 우리 집 뒷집인 성만이 양반네 쇠죽방이었다. 성만이 양반네 집은 똥통이 무지막지하게 깊고 넓었다. 오줌통 또한 엄청나게 큰 항아리였다. 성만이 양반, 그러니까 내 친구 응녕이네 집은 동네에서 제일 부자였다. 대문간 왼쪽 끝에 똥통이 있고 오른쪽에 가로로 자리잡은 한 채에 사랑방과 외양간과 헛간이 있었다. 헛간 앞에 그 유명한 오줌통이 있었다.

　그 집 샘 위엔 동네에 하나밖에 없는 큰 수시감나무가 있었는데, 감이 크고 납작했다. 무지무지 달아서 서리의 표적이 되었던 그 홍시를 어머니는 아침 샘길에서 꼭 몇 개씩 주워오시곤 했다. 어쩌다 그 감나무 밑을 지나다 풀숲에 떨어진 홍시를 발견하는 기쁨이란 참으로 가슴 뛰는 일 중 하나였다. 풀잎 뒤에서 붉은 감을 보기만 해도 가슴이 서늘했다. 홍시는 아기들의 설사를 그치게 하는 약으로도 쓰였다.

그 집에 '일구지댁'이라 불리는 할머니가 계셨다. 우리 큰집 할머니와 함께 동네에서 아무 거리낌 없이 무슨 욕이든 하는, 허가받은(?) '욕쟁이 할매'로 통했다. 그 집에 강천이라는 친척(할머니와 사돈 간)이 머슴을 살았다. 마을의 다른 이들은 나무하러 가서 올가미로 토끼를 잘도 잡아오는데 이 양반은 허구한 날 올가미만 만들지 토끼 한 마리 잡아오는 적이 없었단다. 어느 날 양지쪽에 앉아 또 올가미를 만들고 있는 이 양반을 본 일구지댁 할머니가 그것이 토끼 올가미인 줄 뻔히 알면서도 "어, 사둔 양반, 시방 뭣하쇼" 하니까 "퇴깽이 목매 맹글고만이라우" 하더란다. 그러니까 할머니가 얼굴을 그 양반 가까이 들이댔다가 돌아서면서 "퇴깽이 좆이나 빠소" 했다는 이야기는 너무나 유명해서, 그후 누가 동네에서 토끼 올가미를 놓으러 가면 꼭 그 농담을 들춰내곤 했다.

사랑방은 여름철에는 거의 '휴업' 상태였다. 뜨거운 여름날 푹푹 찌는 쇠죽방에서 누가 잠을 자겠는가. 가을철이 돌아오고 집집에 새 짚이 나야 사람들도 짚을 다듬어 물에 담가두었다가 부드러워지면 한 뭇씩 가지고 하나둘 "흐흠, 흐흠" 밥인사들을 하며 희미한 등잔 아래로 모여들었다. 망태도 만들고, 덕석도 만들고, 맷방석도 만들고, 꼴모꾸리, 재소쿠리, 짚신도 만들었다. 좁은 방에서 어떻게 그 많은 사람들이 모여 살림도구들을 만들 수 있는지 참으로 신기할 따름이었다. 사랑방 한쪽 구석엔 수숫대로 엮은 통가리에 고구마가 담겨 있고, 실겅과 벽엔 언제나 장구, 징, 고깔 등과 메주가 걸려 있었다. 그 메주에 담배 냄새, 발냄새가 얼마나 스며들었을까. 사람들이 조금씩 뜯어먹기도 해서 성한 놈이 없었던 그 메주로 담근 간장과 된장을 우리는 맛나게 먹었다.

사랑방엔 늘 밤참이 떨어지지 않았다. 겨울철 내내 밤참을 대야 했던 웅녕이 어머니는 마음 씀씀이가 무던하고 요량이 있어서인지 고구마에다 싱건지, 때로는 무를 소쿠리째 들여놓기도 했다. 어떤 때는 서리를 해다가 밤참을 먹기도 하고 벽에 적힌 순서대로 제삿집을 찾아가 단자를 통해 해결하기도 했다. 사랑방의 서리는 망태나 덕석 만들기를 배우는 청년들이 하기 때문에 손이 컸고 배짱껏 남의 집 닭이나 홍시, 곶감, 싱건지, 배추, 무 등을 가져왔다. 하지만 아무도 집에서 없어진 것들에 대해 이러쿵저러쿵 왈가왈부하지 않았다. 그것은 도둑질이 아닌 통용된 서리였던 것이다.

단자는 유일하게 기다려지는 겨울밤 행사였다. 단자가 있는 날은 어머니들도 끼리끼리 모이고, 청년과 처녀와 조무래기 들도 끼리끼리 모였다. 뉘 집 제사가 언제인지 제일 잘 아는 분은 우리 어머니였다. 우리 어머니는 제삿날뿐 아니라 동네 아이들 돌, 생일 등까지 죽

꿰고 계셨다. 놀라운 기억력이었다. 바빠서 자기 집 제삿날을 잊고 있던 어느 아주머니가 우리 집 앞을 지나갈 때 어머니가 "어이 안촌댁, 내일 저녁 단자 갈게잉" 하시면 화들짝 놀라는 일이 많았다.

끼리끼리 모여 초저녁부터 잔뜩 기다리고 기다리다 제사 시간이 지나면 큰 소쿠리를 들고 사람들은 제삿집으로 향했다. 단자 가지러 가는 사람은 민화투를 쳐서 정할 때가 많았다. 단자꾼이 담 너머로 마루나 마당을 향해 소쿠리를 휙 던지며 "단자요" 하고 소리를 지르면 주인이 나와 소쿠리에 떡이나 나물 등을 되는대로 담아 마루에 내놓았다. 겨울철에 제사가 든 집은 떡을 많이 하고 콩나물도 많이 길러야 했다. 제일 푸짐한 게 콩나물과 떡이었다.

단자 배급 순서는 당연히 어른들이 먼저였다. 사랑방으로 갈 단자는 단자꾼 혼자 가져가지 않고 제삿집 식구 중 누군가와 꼭 동행했다. 엄중했던 것이다. 행여 홀대를 했다간 두고두고 마음이 여간 편치 못했던 것이다. 어른들께는 떡과 나물가지, 식혜 따위를 골고루 나누어드리고, 당연히 술도 양동이나 동이로 가져갔다. 동네 아주머니나 조무래기, 처녀 들은 적당히 대했으며, 가난한 집에서는 사랑방에만 단자를 보냈다. 단자를 한번 먹고 또 가는 장난을 치기도 했는데 늘 들통이 나서 단자 소쿠리가 담 너머로 되날아오곤 했다.

사람들은 출출한 배를 그렇게 채우고 긴긴 겨울밤을 사랑방에서 이런저런 살림도구들을 만들며 재담을 하고 때론 싸움을 하다 이리

저리 쓰러져 배를 득득 긁으며 코를 골며 잠을 잤다. 담배 냄새, 머리 냄새, 메주 냄새, 발 고린내, 몸냄새 등이 뒤엉킨 그 묘한, 그러나 정겨운 냄새를 당신들은 기억하는지. 그리운 방, 이제 다시는 돌아가 앉을 수 없는 먼 기억 속의 그 방냄새. 코끝을 스치는 고향 냄새를 이제 허물어진 그 사랑방 자리에 서서 나는 먼 하늘 끝에서나 맡는다.

그 집 사랑방의 커다란 오줌통에는 늘 개가죽과 노루가죽이 담가져 있었다. 개가죽으로는 장구 열채를, 노루가죽으로는 궁굴채를 만들었다. 설이 돌아오기 훨씬 전부터 사랑방에선 서서히 설을 준비했다. 토끼가죽과 밑 빠진 쳇바퀴로 소고를 만들고 굿띠와 고깔을 새로 만들었다.

사랑방은 참 좋은 '방'이었다. 마누라와 싸우고 나와 속상한 마음을 어영부영 뒤섞는 곳이요, 자잘한 살림도구 만드는 것을 배우는 학교요, 배고픔을 덜어주는 곳이었다. 사는 게 괴로워 모로 누워 담배를 뻑뻑 피우며 멀뚱멀뚱 벽바라기를 하고 있으면 동무들이 부러 우스운 이야기로 맘을 풀어줘 다시 동무들 쪽으로 돌아눕게 하는 푸근한 곳이었다. 가슴 깊이 정이 들 대로 든 동무들, 온갖 놀이와 일을 통해 평생을 살 비비고 마음 섞으며 사는 곳, 고린내 나는 발이 코끝에 닿아도 코를 쿨쿨 골며 잠잘 수 있는 곳, 아무렇게나 눕고 아무 때나 일어나 앉아 담배를 피워도 되는 곳, 담배가 떨어져도 걱정이 없는 곳이었다. 사나이들의 냄새가 진동하는 일종의 안식처였으며 맘껏 자유를 누릴 수 있는 해방구였다. 언제 들어가도 편안하고 안심이 되는 곳, 구석마다 만들다 만 망태며 짚소쿠리 들이 세워져 있고 뭉쳐둔 지푸라기가 수북한 방, 문턱이나 목침엔 성한 곳 없이 담뱃불 자국이 나 있는 정겨운 방, 지나가는 나그네가 한쪽 구석에 앉아 있다가 그냥 잠을 자고 아침밥을 얻어먹고 가던 사랑방은 이제 다 사라졌다. 세상에 벌어지는 일들이 어디 저 홀로만 진행되는 것이 있는가. 사랑방이 없어지면서 농촌 인구의 극심한 이동이 시작되었다.

응녕이네 집 사랑방이 없어진 후 마을에 회관이 지어졌다. 초창기의 마을회관은 말 그대로 회의만 하는 곳이었다. 관의 강력한 후원과 방침에 의거, 모든 정부의 시책과 회의 내용이 앰프를 통해 하달되고, 지시되고, 규제되고, 통제되고, 공포심을 조장하는 군사독재의 막강한 힘의 상징이 되었다. 농민들 스스로 오랜 세월 동안 만들어온 문화가 깡그리 무시되고 단시간 내에 어떤 것이 주입되었다. 그것은 무서운 일이었다. 이의가 없이 명령에 의해 이루어졌다. 농민들 스스로 하는 마을 일은 하나도 없었다. 회관에 모이자는 방송은 늘 사람들의 마음을 어둡고 불안하게 했다.

권력의 촉수는 가난하고 힘없는 농촌 마을의 희미한 30촉 전등 아래 예리하게 파고들어 그들의 평화를 마음 놓고 유린했다. 회의가 있는 날이 아니면 사람들은 마을회관에 가지 않았다. 의자와 책상이 놓이고 70년대, 80년대, 90년대, 2000년대의 화려한 장밋빛 차트와 짜임새 있는 마을 조감도와 미래상이 회관 벽을 차지하고 있어도 사람들은 거기 가지 않았다. 회관 마당에 천막이 쳐지고, 부녀회에서 정성을 들여 음식을 장만하고, 이장 목에 어색한 넥타이가 둘러지면 그 차일 아래 면장, 지서장, 우체국장, 군수와 국회의원 등이 찾아와 온갖 구호와 공약을 외쳐댔지만, 날이 갈수록 회관은 낡아가고 초라해지기만 했다. 그들의 말이 화려해질수록 농민들의 몰골은 더욱 초라해졌으며 마을은 텅텅 비어갔다. 그리고 회관은 방치되기 시작했다. 문짝이 떨어져나가 염소 새끼들이 들랑거리고 쥐들의 천국이 되었으며, 차트와 화려한 미래상도 너덜너덜 떨어지고 책상과 의자 들도 부서지고 온갖 장부들도 어디론가 사라져버렸다. 이따금 동네 누구네 제사이니 아침과 술을 잡수시러 오라는 방송이 나갈 뿐이며, 태환이 형이 술을 먹고 오밤중에 느닷없이 "구름도 울고 넘는~" 하며 노래나 부르는 데에 불과했다.

농민들 특유의 느긋함과 기다림, 새로운 것에 대한 경계심, 무사태평한 생활태도 등을 무시한 채 관 주도에 의해 일사천리로 진행된 공포의 '통치망'은 그러면서 그 막을 내렸다. 밤이면 귀신 나오게 생긴 시커먼 흉가만 한 채 늘어났을 뿐이다. 오랫동안 지키며 가꾸어온 사랑방 문화는 걷잡을 수 없는 혼란과 두려움 속에 단 몇 년 만에 무너져버렸다. 그와 함께 농촌과 농민도 '단군 이래 어쩌고' 하며 좋아하는 사람들에 의해 그야말로 '단군 이래' 최악의 상태를 맞이하고 만 것이다.

사람들이 떠나고 마을이 텅텅 비어갔다. 집들은 허물어지고, 뜯겨지고, 무너져갔다. 오늘날 농촌의 집에 어머니와 아버지가 살아계신다 해도 이제 옛날의 집이 아니다. 처마 끝까지 블록으로 넓히고 부엌은 입식이 되었다. 썰렁하고 싸늘한 알루미늄 창틀에 희뿌연 유리창이 달렸다. 메주가 잘 뜨던 흙벽, 여름에 등을 기대면 서늘하고 겨울에 등을 기대면 따뜻했던 흙벽은 차갑고 섬뜩한 시멘트 벽으로 바뀌었다. 여름철에 일하고 돌아와 웃통을 벗고 드러누우면 서늘하던 마루는 뜯겨지고 그 자리에 끈적끈적한 비닐장판이 깔렸다. 겨울철 마루까지 쌓인 눈을 쓸던 기억, 아기를 업고 바늘로 창호지 문을 뚫고 펑펑 쏟아지던 눈송이를 바라보던 그 기억. 손가락에 침을 발라 살짝 밀어 문구멍을 뚫고 그 구멍을 통해 밖을 내다보던 이들은 알리라. 문을 열고 마루에 서서 오줌발 멀리 가기 시합을 했던 기억 또한 어제처럼 생생하리라. 그 마루와 방과 부엌이 사라지고, 낮이고 밤이고 불을 켜야 하는 어둡고 침침한 방이 만들어졌다. 이제 설이나 추석이나 휴가철에만 찾아오는 아들딸들의 휴식처나 별장처럼 돼버린 집들을 보면 답답하고 갑갑하다. 한없이 개방적이어서 비와 눈과 바람과 햇빛이 그대로 넘나들던 마루와 방이 사라진 농촌의 집들은 이제 폐쇄적으로 변했으며 자연경관과도 유리되어 어색하기만 하다.

군인들이 정치를 하는 나라는 모든 것이 군대식이었다. 학교 공문서도 조회시간도 기합도 모두 군대식이었다. 초등학교 2학년만 되면 갓 제대해 군대 물로 범벅된 선생들이 아이들에게 군기가 빠졌다며 토끼뜀, 원산폭격, 선착순 등 군대식으로 기합을 주었다. 그러다보니 마을회관도 군대 막사처럼 급히 후닥닥 지어졌다. 한때 마을회관은 새마을정신과는 아주 거리가 먼 곳이었다. 회관 마당에서 늘 왁자지껄 윷판이 벌어지고 술 먹고 싸움을 했다. 회관은 온통 불만 덩어리였던 것이다. 회관 구판장도 외상이 늘어나면서 사람들이 점점 줄어들기 시작해 나중에는 아이들까지 없어지자 싸구려 과자들이 뿌연 먼지를 뒤집어쓰고 나뒹굴더니 구판장 주인이 늘 술에 취해 마누라를 패고 싸우다가 끝장을 보고 이사를 가면서 회관은 완전히 폐쇄됐다. 마치 농촌의 상징물처럼, 각 동네마다 회관은 흉가가 되어 마을 복판을 차지하고 있다.

한때 진메 마을회관을 비롯한 근동 회관들이 활기를 띤 적이 있다. 80년대 중반쯤 느닷없이 추석에 마을 노래자랑이 벌어지는 장소가 된 것이다. 그것은 하나의 희한한 사회적 현상이었다. 중고등학교에 다니는 몇몇 아이들만 남아 농촌을 돌보고 있을 무렵이었다. 객지에 나가 있던 젊은이들이 설이나 추석엔 관광버스를 타고 돌아왔다. 집집에 한 사람도 빠짐없이 자식들이 돌아왔다. 도시로 나간 이들이 집 한 칸씩 장만하기 전이었다. 관광버스가 마을 느티나무 아래에서 울긋불긋 활기차고 기운차게 그들을 쏟아냈다. 그들은 손에 손에 보따리를 들고 아이들 손을 잡고 고샅으로 흩어졌다. 집집이 불이 켜지고 마을이 되살아나기 시작했다.

고향에 돌아온 사람들은 말 그대로 해방의 기쁨을 맛보며 강변과 마을을 휘젓고 다녔다. 얼마나 갑갑했으랴. 저 찌든 가난의 골목들, 풀 없고 나무 없고 먼지 나는 골목, 복잡한 거리, 고달픈 셋방살이…… 그리하여 아이들은 밤낮 강변을 쏘다녔던 것이다.

청년들은 해가 저물기 전에 마을회관 마루에 잇대어 무대를 만들었다. 한때 번성했던 면별 '콩쿠르'를 이제 마을별로 벌였던 것이다. 상품을 사오고 마이크를 시험했으며 부서진 책상을 손질하여 접수대가 만들어졌다. 희사금을 달아맬 종이도, 새끼줄도 내걸렸다. 해가 지기 전 마을회관에서 마이크 소리가 온 동네에 쩌렁쩌렁 울려퍼졌다. 음식을 장만하는 사람들에게 바람을 집어넣어 들뜨게 만들었다.

해가 지고 동산에 둥근달이 떠오르면 콩쿠르가 시작되었다. 누구나 접수금만 내면 노래를 부를 수 있었다. 내가 심사위원이 되었으며, 상은 마을의 지명을 따서 꽃밭등상, 노딧거리상, 벼락바위상, 찬샘상, 뱃마당상 등 가지가지였다. 나이 든 아버지가 노래를 부르면 그 집 며느리 딸자식 할 것 없이 모두 무대에 올라가 회관 부근에 있던 코스모스나 무궁화로 만든 꽃다발을 목에 걸어주고 노래를 함께 불렀다. 아들이 부르고 손자가 부르고 며느리가 불렀다. 사람들은 희사금을 많이들 내놓았다. 상을 주고, 청년들이 준비한 모닥불을 피우고, 노래하고 춤을 추며, 징과 장구 소리가 울려퍼졌다. 큰 잔치마당이 벌어진 것이다. 술도 많았고 고기도 듬뿍 사다 국을 끓였다. 온 동네 사람들이 그 시꺼먼 회관 마당에서 춤을 추며 밤을 새웠다. 한수 형님 어머니, 순창 할머니, 아랫집 큰아버지의 춤추는 모습 등이 그대로 오윤의 판화가 되었다. 그것은 억압과 굴욕에서 벗어나려는, 신명 나는 해방 춤판이었다.

몇 년이 지나자 콩쿠르도 어느새 시들해지고, 방학이 되어도 추석이 되어도 설이 되어도 자식들은 이 핑계 저 핑계로 시골에 내려오지 않았다. 손자들은 방학 때 과외수업을 받아야 했고 이제 집칸도 장만하고 먹고살 만해 차도 있으니 아무 때나 한번 고향에 얼굴을 내밀고 황금연휴는 '지들끼리' 지내게 된 것이다. 그리하여 회관은 또 시커멓고 외롭게 서서 방은 너덜너덜 벽지가 떨어지고 부엌은 허물어지고 앰프가 있는 사무실엔 빗물까지 새어들었다. 추석 때 조금 나이 든 사람들이나 찾아와 맥없이 윷놀이나 하다 달이 지기도 전에 어슬렁어슬렁 집에 들어가 텔레비전 앞에 쪼그려 앉아 남의 추석이나 구경하며 지냈다. 둥근달이 떠서 외롭게 졌다.

시골을 떠났던 사람들이 이제 결혼을 해서 제 자식들이 생긴 것이다. 옛날 콩쿠르가 성했을 때는 결혼한 사람이 별로 없었다. 이제 처자식과 자기 집에서 놀고, 처갓집도 가야 한다. 후딱후딱 추석이고 설이고 쇠고는 여기저기로 떠나버린다. 설이나 추석 때 그렇게 놀고 싸움하던 동네는 이제 적막강산이다. 그러면서 회관은 사람들 시야에서 사라져갔던 것이다. 그런데 그 회관이 살아나기 시작했다. 아무도 돌보지 않고 시키지 않았는데, 동네 사람들 스스로 회관 큰방을 살려낸 것이다.

···

우리 집은 큰길가에 있는데 담이 낮아서 길을 지나가다 고개를 돌리면 큰방도 보이고 작은방도 보이고 부엌도 훤히 들여다보인다. 겨울철을 빼놓고는 대개 부엌문을 열어놓고 밥을 먹거나 부침개를 부쳐먹는데 그러다가 집 앞을 지나는 동네 사람과 눈이 마주치면 그냥 지나갈 리도 없고 그냥 지나가게 둘 수도 없는 것이다.

"일중리댁, 밥 좀 묵고 가지."

"아재, 진지 드셨다요?"

"인자 밥 묵으요?"

"다슬깃국 좀 묵고 가시오."

인사가 오가다 슬그머니 들어오거나, 인사 때문에 어쩔 수 없이 들어오거나 간에 들어오면 함께 먹는다. 날씨가 조금 추워서 문을 닫아놓고 먹으면 되레 궁금한 모양이다. 어쩌다 신발이 우리 식구보다 좀 많은가 싶으면 더욱 궁금한지 "이 집 뭔 일 있다냐" 하며 들어온다. 그러다보니 신발은 점점 불어나 금방 잔칫집이 되어버리기 십상이다. 대개의 집들이 늘 이 모양이다. 요즘은 더욱더 그렇다. 집집이 한 명 아니면 두서너 명만 살다보니 걸핏하면 몇 집 식구가 모여 함께 끼니를 때우게 된다.

굿은비 오는 여름날 오랜만에 아랫목에 누워 뒹굴다보면 금방 배가 굴풋해지고 뭔가 허전해진다. 때마침 어느 집에선가 부침개를 부쳐먹느라 고소한 냄새가 낮은 연기를 따라 이 고샅 저 고샅으로 슬슬 퍼져나가기라도 하면, 그렇지 않아도 심심하던 차에 슬금슬금 그 냄새를 따라가보면 이미 신 벗어놓을 자리가 모자랄 정도로 사람들이 모여 있곤 했다. 애호박을 따다가 납작하게 썰어서 부친 부침개나 매운 풋고추를 쫑쫑 썰어넣은 부침개나 콩잎과 깻잎으로 부친 부침개로 굴풋한 배를 채우고 술까지 먹은 사람들은 뜨뜻해진 아랫목에 이리 눕고 저리 누워 파리가 그렇게 달려들어도 쉰 냄새를 퐁퐁 풍기며 늘어지게 잠들을 자다가 저녁밥 해야 할 시간, 쇠죽 끓여야 할 시간이 되어야 헤어졌다.

봄철이고 여름철이고 가을철이고 간에 동네 사람들은 그냥 놀지 않고 무엇인가 먹으며 놀았다. 어쩌다 누군가 투망을 던지는 모습이 강변에 보이면 슬슬 다가가서 "잘 잽히는가" 어쩌고저쩌고 구경을 하다보면 여기저기서 꼴을 베던 사람, 논물을 보러 가던 사람들이 모여들기 시작하고, 생고기 좋아하는 사람이 꺽지 한 마리의 배를 따 날것으로 날름 먹으면 누군가가 그럴 것이 아니라며 어디 가서 고추장을 떠오고 상추를 뽑아오고 술을 받아오고, 그러다보면 느티나무 아래 있던 사람들이 어슬렁어슬렁 모여들어 단박에 그 자리에서 천렵판이 벌어진다.

부침개를 부쳐먹거나 물고기를 잡아먹거나 감자를 삶아먹는 일은 꼭 하는 사람만 하는 것은 아니었다. 한 마을에서 누구도 얻어먹고만 살 수는 없는 노릇이어서 어느 때 어떤 식으로든 내놓아야 하는 게 동네의 인심이다. 돌아가면서 이 집 저 집 음식을 맛보게 되는 것이다. 이래서 네 것 내 것 없다는 게 아닌가. 늘 "많이 묵어야 좋간다" "콩 한 조각도 나눠먹는다"라고들 했다. 뉘 집에서 호박이 많이 열리면 한 소쿠리 따가지고 오다 아무 집에나 나눠준다. 그러면 또다른 집에서는 가지가 많이 열렸다며 가지를 놓고 가는 것이다. 시래깃국만 끓여도 낮은 담이나 싸리문 너머로 주고받았다. 그것은 아름다운 그림이고 사진이고 시였다. 전설이었다.

아름답고 신났던 일들이 점점 사라져버리고 우리 동네의 겨울이 적막해진 지 몇 년. 그냥 텔레비전 앞에 앉아 각자 외롭고 쓸쓸한 겨울을 보내던 마을 사람들은, 아니 마을 노인들은 드디어 마을회관에 노인회관이라는 간판을 걸었다. 그리고 노인회에서 나온 몇 푼 안 되는 돈으로 연탄보일러를 놓고 겨울을 지내다가 불도 자주 꺼지고 방도 추워 사람들이 모이지 않자 동네 어른들은 석유보일러를 놓았다. 아, 드디어 군불 땔 일도 골치 아픈 연탄 갈기도 끝이 나고, 누군가 일찍 와서 스위치만 조금 돌리면 펑 하며 보일러가 가동되고 금세 방이 따뜻해졌다. 객지 사람들이 돈을 걷어 앰프도 새로 들여놓고, 컬러 텔레비전도 사고, 라면 끓여먹을 냄비도, 양은솥도, 수저도, 그릇도 장만했다. 사람들은 긴 겨울을 거기서 지내게 됐다.

석유보일러를 놓으니 얼마나 좋은가. 아침밥을 드신 동네 할머니 할아버지 들이 슬슬 회관에 모이면 거기서 심심풀이로 부침개를 부쳐먹는다. 그러다가 점점 발전해서 누군가 집에서 밥을 해오기도 하는데, 나는 커다란 함박에다 김이 무럭무럭 나는 하얀 쌀밥을 해 머리에 이고 가는 당숙모를 본 적이 있다. 동네 사람들이 모두 모여 밥을 먹는 것이다. 모두라고 하지만 겨울엔 많이 모여야 스무 명 안팎이다. 딸네 가고, 아들네 가고, 병원 가고, 어쩌다 저쩌다보면 진메 마을 총인구 43명 중 얼마 모이지 않는다. 배추김치 대가리만 잘라서 흰밥에 척척 걸쳐 먹는 맛이란, 아, 생각만 해도 입에 침이 고인다. 그렇게 밥을 먹으니 이 어른들 집에 혼자 있을 때보다 잘 드신다. 겨울이 지나면 어른들 얼굴에 살이 오른다. 30촉 희미한 전등

불 아래 정신없이 밥을 잡수시는 머리 허연 노인들의 모습을 보노라면, 어떨 땐 눈물이 나고 어떨 땐 차마 밥이 넘어가지 않으며, 때론 즐겁기도 해서 나는 이따금 어머니를 따라가 이 어른들과 점심을 먹곤 한다.

이렇게 어느 한 집에서 시작한 돌아가며 밥해먹기는 겨울철 내내 이어진다. 점심을 먹고 남은 밥은 늘 거기에서 주무시기까지 하는 순창 할머니와 한수 형님 어머니, 우리 큰어머니가 드시곤 한다. 한겨울 눈보라 치는 날이라도 계속되면 거기서 저녁을 지내는 분들이 많아진다. 순창 할머니는 작대기를 짚고 다니는데, 집에 오가기가 힘들어 하루에 한두 번씩 집에 다녀오고는 늘 거기에서 먹고 잔다. 봄이 지나면 순창 할머니, 한수 형님 어머니만 남고 다 회관을 떠난다. 바쁘고 고단해서 저녁 먹고 모여 놀지 못하는 것이다. 이제 더워지면 내가 심어놓은 강 앞 느티나무 밑 큰 바위에 앉아 여름을 지내리라. 흐르는 물에 떨어지는 쨍쨍한 햇볕을 보면서 옛날을 생각하고 죽음을 생각하며 삶의 적막을 견디는 것이다.

. . .

꿈같던 그 사랑방을 아시나요.

지푸라기 어지럽고 망태, 덕석이 깔려 있고 뜯어먹은 메주가 매달려 있던 사랑방을.

고린내, 담뱃내, 온갖 냄새가 진동하는, 그리하여 그 냄새처럼 섞인 사람들의 숨결이 손끝에 닿을 것 같은 사랑방을 아시나요.

아무렇게나 누워도 편안히 걱정 없이 잠이 잘 오던,

그 전설 속의 석유 등잔 사랑방을 아시나요.

징검다리를
건너며 살다

아이가 세상에 태어나 어머니 등에 업혀 제일 먼저 나가는 곳이
어디일까? 일손이 부족한 옛날 어머니들은 아기를 들쳐업고 밥도
하고, 우물에 가서 물도 긷고, 밭에 나가 일도 했다. 아기를 업고 물
동이를 이고 가는 모습도 우린 흔히 보았다. 등에 업힌 아기는 어머
니의 물동이를 신기한 듯 바라보았다. 아기를 등에 업고 우물에서
물을 긷다가 아기가 빠지려는 것을 황급히 추스르기도 했다. 아기
를 업은 채 뙤약볕이 내리쬐는 불볕 속에서 보리밭을 매고 있으면
등에 있는 아기가 보리를 뜯거나, 어머니 옆구리로 고개를 넣어 젖
을 먹기도 했다.

어머니가 징검다리에 가서 아기를 업고 빨래를 하면 아기의 발이

물에 닿기도 하고, 어머니 등 뒤에서 흐르는 물을 손으로 건드리기
도 한다. 아기가 앉을 나이가 되면 얕은 물에 앉혀 놀게 하거나 징검
다리 빨래하는 곳에 있는 큰 바위에 앉혀놓고 어머니들은 이런저런
일들을 보았다. 아이들이 걸을 때쯤 되면 불불 기어서 징검돌을 하
나씩 건넜다. 나이를 먹을수록 점점 강 가운데까지 진출하고, 대여
섯 살이 넘으면 아이들은 징검돌들을 더듬더듬 한 개 한 개 힘겹게
건넜다. 빈 몸으로 건너던 징검다리를 나중엔 소나 염소를 끌고 건
너고, 꼴망태를 어깨에 메고 건너고, 더 크면 지게에다 벼나 보리,
고추나 감, 밤 같은 것들을 짊어지고 건넜다.

　진메 마을에 사는 그 누구도 이 징검다리를 건너지 않고는 살지
못했다. 진메 사람치고 어렸을 때 징검다리를 건너다가 고무신 한
번 강물에 떠내려 보내지 않은 사람 없고, 얼음 잡힌 징검돌을 건너
다가 강물에 빠져보지 않은 사람이 없다. 추운 겨울날 나뭇짐을 짊
어지고 건너다가 바람이 불어 나뭇짐과 함께 물에 빠져보지 않은
남자도 진메엔 없다. 언젠가 물이 많이 불어 징검다리를 넘었을 때,
큰집 막둥이 동생이 고추를 따서 짊어지고 오다가 강 가운데에서
넘어지는 바람에 벌건 고추가 저문 강물에 둥둥 떠내려가는 것을
그냥 바라만 본 적도 있다. 차가운 겨울바람 불던 날, 이웃집 당숙
이 나뭇짐을 지고 오다가 징검다리 가운데쯤에서 바람을 타는 바람
에, "어어, 저러다 넘어지지, 강물로 넘어지지 어, 어" 하다가 마침

내 물로 풍덩 넘어지시는 것을 보며 동네 사람들이 다 함께 안타까운 비명을 지른 적도 있다. 그렇게 온갖 것들을 강물에 떠내려 보내며 사람들은 태어나서부터 나이가 들어 늙어 죽을 때까지 그 징검다리를 건너며 살았다. 얼마나 많은 이들이 건넜던지 진메 마을 징검다리 징검돌은 늘 반질반질했다.

내가 아직 징검돌을 마음대로 건너지 못할 때였다. 어머니는 나를 강 이쪽에다 두고 강 건너 밭에서 일을 하고 계셨단다. 밭에서 일을 하는데, 내가 징검다리 첫 돌에 앉아서 목이 터져라 어머니를 부르며 울더란다. 처음에는 "용택아, 어매 금방 갈게, 놀고 있어" 하며 허리를 펴고 나를 달래셨을 것이다. 용택이는 강변을 오르락내리락하거나 작은 징검다리를 건너다가 무서워 그 자리에 서서 또 울었겠지. 어머니는 용택이를 수도 없이 부르며 바쁜 손을 놀리고 있는데, 용택이 이 녀석이 다리를 쭉 뻗고 앉아 목이 터져라 어매, 어매를 불러대니, 어머니는 점점 부아가 복받쳐 참다 참다 참지 못하고 호미를 내동댕이치고 부리나케 징검다리를 건너와서 목 놓아 울고 있는 용택이를 직싸게 패서 더 울려놓고는, 어머니 혼자 징검다리를 건너 밭에 되돌아가서 하던 일을 하셨더란다. 호랑이가 캉 물어갈 용택이놈은 아직도 강 건너에서 징검다리를 건너지 못하고 그저 바라만 보며 울고 있는데, 아, 그때 어머니는 얼마나 화가 치미셨을까. 어머니가 부앗김에 훌훌 강을 건너와 나를 패놓고 다시 건너가셨던 징검돌은 이젠 없다.

우리 할머니는 94세까지 사셨다. 시집오셔서 강을 건너다니다 6·25 때는 치맛자락 적시며 강을 건너 피란을 가셨다. 아, 얼마나 많이 이 징검다리를 건너셨을까. 나는 할머니가 자기 삶의 구역을 점점 축소해가시는 모습을 똑똑히 보았다. 할머니는 나이가 들어 처음으로 징검다리를 건너지 못하시고, 강가에 앉아 강 건너를 바라보고 계셨다. 일을 하러 가고 싶어도 너무 노쇠해진 탓에 징검다리를 혼자 건널 수가 없었던 것이다. 그것은 슬픔이었다.

할머니는 얼마 후 강가까지도 못 가고 집 앞 논배미에서 강물을 바라보시더니, 점차로 마당에서 마루로, 마루에서 방으로 이동하셨고 나중에는 아예 누워버리셨다. 이제 할머니 살아서는 징검돌을 딛고 강을 건너는 일이 끝난 것이다. 할머니뿐이 아니었다. 진메 마을에 나서 자란 사람들은 징검다리를 스스로 건너지 못하면 일생이 끝났던 셈이다. 진메 마을에 살다가 죽어 강 건너에 묻히게 되면 마지막으로 동네 사람들이 꽃상여로 징검다리를 건네주었다. 진메 마을 어느 산에 묻혀도 징검다리는 거의 다 보였다. 그들은 지금도 없어진 징검다리로 눈길을 주고 있을까.

내 인생의 작은 집

그 집은 동네의 가운데쯤에 있다. 나지막한 뒷산에는 밤나무가 있고 솔숲이 있다. 그 집 앞에 있는 고추밭, 무밭, 그리고 고추밭의 강냉이 잎이 여름과 가을을 정확하게 알려준다. 달이 뜬 여름밤 바람이 불면 넓적한 강냉이 잎에 떨어진 달빛이 은가루처럼 주르르 흘러내린다. 가을밤에 달이 뜨고 바람이 불면 마른 강냉이 잎들끼리 부딪치는 소리에 몸이 움츠러든다. 고추밭 지나면 큰길이 있고, 그 아래 강변, 다음에 강이 있다. 강 언덕에는 아름드리 느티나무가 두 그루 있다. 그 집 마루에 앉거나 눕거나 서거나 간에 강물이 보인다. 그 마루에서는 안 보이는 게 없다. 산도 물도 강물로 떨어지는 눈송이도 푸른 산을 가르며 쏟아지는 장대 같은 소낙비도 보이고,

강물로 날리는 꽃잎이나 단풍이 든 낙엽도 다 보인다. 강변에는 꽃이 피고, 눈이 쌓이고, 아이들이 놀았다.

그 집에는 방이 셋, 부엌, 키 작은 내가 세로로 누우면 딱 맞는 마루와 엉덩이 폭만한 툇마루가 있다. 툇마루는 일터에서 돌아오신 아버지가 잠깐 땀을 식히며 앉아 앞산의 단풍과 꽃과 강물을 바라보시던 곳이다. 어느 방에서 문을 열어도 앞산과 강물의 세월이 보였다. 부엌문을 열고 어머니가 허드렛물을 버리며, 앞산의 단풍과 화사한 봄, 눈이 오는 것을 알려주시곤 했다. "하따나, 저 새잎들 피는 것 좀 봐. 꽃보다 더 이쁘다인" 하시거나 "하이고, 눈이 곱게도 오신다" 하셨다. 그러면 나는 얼른 방문을 열고 꽃보다 고운 앞산의 새잎들이나 강물로 사라지는 꽃잎 같은 눈송이들을 보다가 문을 닫았다.

그 집의 한 칸은 내 방이다. 내 방엔 창호지 문이 여섯 짝이나 있다. 추석이나 설에 새로 문을 바르고 누워 있으면 방이 참으로 환하다. 나는 그 방에서 평생을 보냈다. 나의 어느 시 구절처럼 나는 그 방에서 기뻤고, 슬펐고, 사랑의 외로움에 두 어깨를 들먹였다. 세월이 가며 그 방에는 책들이 쌓여갔고 그만큼 생각도 자라났다. 달이 뜬 밤에는 불을 끄고 창호지 문으로 들어온 달빛에 괴로워하며 잠을 못 이루었고, 간절하게 무엇인가를 그리워했다. 그래도 달빛을 견딜 수 없으면 툇마루에 나가 앉아 달을 보거나, 강변에 나가 헤매거나 징검다리를 건너며 물소리를 들었다. 소쩍새까지 울어댈 땐 혼자 견디기 힘들었다. 숱한 밤을 그렇게 그 방에서 지냈다. 달빛으로 시를 쓰고, 겨울밤 앞산 뒷산 밤바람 소리로 나는 자랐다. 그 좁은 방은 알이었다. 내가 햇살을 눈부시게 바라볼 수 있는 세상 밖으로 나올 때까지 그 방은 내게 두꺼운 껍질로 둘러싸여 있는 알이었다. 나는 어느 날 그 알을 깨고 세상에 나왔다. 내가 세상에 나가자 사람들이 그 집에 찾아오기 시작했다. 내가 그 집을 소중하고 귀하게 여겼으므로 다른 사람들도 모두 좋아하고 아꼈다.

동생들이 다 커서 객지로 나가고 아버지는 그 집의 아버지 방에서 돌아가셨다. 아버지와 어머니가 사셨던 그 방, 내가 어쩌다 새벽까지 자지 않고 책을 보고 있으면 새벽에 깨신 아버지와 어머니는 도란도란 이 얘기 저 얘기로 날을 밝히셨다. 자식 걱정, 강 건너 밭의 곡식 걱정, 때론 웃으시고 때론 근심 어린 목소리가 내 방을 찾아오기도 했다.

어느 해 봄, 그 집에 한 여자가 찾아왔다. 아버지가 돌아가시고 나서 딱 일 년이 되던 날이었다. 그 여자는 그 집에서 살기로 작정을 했는지 얼마 안 있어서 그 집으로 자기의 인생을 옮겼다. 그녀는 그 집 가난한 방과 부엌에서 살았다. 부엌에서는 불을 때서 밥을 했다. 부엌에 연기가 캄캄하게 날 때면 그 여자는 눈물을 흘리며 밖으로 나와 강바람을 쐬었다. 날이 가물면 나는 강가에 있는 샘에서 물을 길어왔다. 퇴근길에 아내가 강에서 빨래를 하고 있으면 나는 얼른 달려가 빨아놓은 빨래를 머리에 이고 돌아와 빨랫줄에 널었다.

그 여자는 내 아내가 되어갔고, 촌사람이 되어갔다. 촌사람이 되어가면서 아내는 그간 살아온 그 어떤 것들을 버리고 튼튼하고 건강한 사람이 되어갔다. 아내는 인생의 새 길에서 인생의 새로운 향기를 터득하고 몸에 익히며 배워갔다. 아내는 점점 동네 어른들의 사랑을 한몸에 받게 됐다. 그녀 특유의 침착함과 낙천성은 더욱더 빛이 났다. 아내는 동네 모든 할머니들의 며느리였다.

어느 해 민세가 태어났고, 또 몇 년 있다가 민해가 태어났다. 어머니는 무척 행복해하셨다. 손자를 얻어 날마다 안아주고 업어줄 수 있으니 얼마나 좋았겠는가. 시골 어머니들은 손자를 안고 업고 키우는 경우가 극히 드물었으니까. 들에 갔다 오시면 어머니는 얼른 민해를 업고 다른 일을 하거나 마실을 다니곤 하셨다. 겨울철이면 늘 어머니가 아이들을 돌보셨고, 아이들은 할머니 방에서 할머니의 쭈글쭈글한 젖을 만지며 잤다. 이따금 "너그 아부지가 다 뜯어먹어서 이렇게 생겼다" 그러시면 민세나 민해가 "뜯어먹어?" 하며 웃는 소리가 새어나오곤 했다.

나는 그 집에서 가까운 조그만 초등학교의 선생이었기 때문에 도시락을 싸들고 학교에 다녔다. 자전거를 타고 갈 때는 자전거 뒤에서 도시락이 어찌나 흔들리던지 반찬이 엉망이 될 때도 있었고, 빈

도시락을 싣고 돌아올 때는 시끄러운 소리가 집까지 따라왔다. 어쩌다 한가하면 아내는 민해를 업고 민세 손을 잡고 마을에서 훨씬 벗어난 들에 있는 느티나무 아래까지 마중을 나왔다. 그러면 나는 민세를 업고 들길을 걸었다. 민세와 민해가 코를 이만큼 물고 훌쩍훌쩍 울며 마중을 나올 때도 있었다. 비가 오면 아내는 꼭 우산을 가지고 마중을 나왔다.

집에 오면 나는 아이들을 보았다. 민해는 업고 민세는 손을 잡고 강변에 나가 꽃밭에서 뒹굴거나 물가에서 놀다가 집에 돌아와 씻긴 다음 밥 먹여 잠을 재웠다. 민세는 업어 재우곤 했는데 민세를 업고 들에서 늦게 돌아오시는 어머니 마중을 나가면 어머니는 민세를 받아 업으셨다. 길을 걸으며 "호랭이 온다. 호랭이 와" 그러면 민세는 등에 딱 붙으며 금세 잠이 들었다. 아이들을 재우고 나면 아내와 나는 빨래도 개고, 책도 보고, 오래오래 이야기를 나누기도 했다. 어머니가 마실에서 돌아오시면 아내는 얼른 어머니 방으로 가 어머니와 오래오래 이야기했다. 그러면 나는 아내가 오기를 기다렸다. 내가 신문을 보거나 글을 써야 할 눈치를 보이면 아내는 아이들을 데리고 자리를 피해주곤 했다. 우리는 그렇게 그 집에서 살았다.

아, 지금, 티 없이 고운 하늘 아래 단풍 물든 산속에 묻힌 집, 아름다운 그 집, 우리 집. 나무와 풀과 흙으로 된 아주 작은 그 집.

갈담 장 국숫집 국수는 아직도 맛나답니다

　나는 중학교, 고등학교를 순창으로 다니며 순창 읍내에서 자취를 했다. 중학교 때였다. 나는 회비를 낼 기한을 넘기고도 한참을 더 넘겨, 드디어 교문 게시판에 회비를 내지 않은 학생 명단에 공개되었다. 주말이 아닌데도 나는 그날 집으로 보내졌다. 여름이었다.
　어머니와 아버지는 강 건너 밭에서 보리를 베고 계셨다. 어머니는 나를 보고 놀라셨다. 나는 고개를 숙이고 울었다. 어머니도 아버지도 내가 회비 때문에 온 줄 알고 계셨다. 보리를 베는 두 분의 옷은 땀으로 흠뻑 젖어 있었다. 어머니와 아버지는 낫을 놓고 감나무 그늘에서 잠깐 쉬며 강물을 바라보셨다. 막막한 얼굴에 근심만 가득했다. 한참을 그렇게 있던 어머니가 벌떡 일어서더니, "가자, 집으로" 하며 징검다리를 부산하게 건너셨다.

집으로 돌아가서 어머니는 닭들을 부르기 시작하셨다. 여기저기 흩어져 모이를 찾던 닭들이 집으로 몰려왔다. 이제 막 날개 밑에 털이 나기 시작한 영계들이었다. 닭들은 어머니 뜻대로 닭장으로 다 들어갔다. 어머니는 닭들을 한 마리씩 잡아 두 날개와 발을 싸잡아 묶어 망태에 담더니, "가자" 하셨다. 나는 어머니 뒤를 따라갔다. 30분쯤 들길을 걸어 어머니와 나는 갈담 장에 가는 버스를 탔다. 오후였는데도 장은 북적대고 있었다. 어머니는 가축전으로 가더니, 흥정을 하고 닭을 파셨다. 닭값은 1600원이었다.

우리 집에서 갈담 장까지는 20리쯤 된다. 내가 어렸을 때는 버스가 다니지 않아 장에 가려면 갈담까지 걸어가야 했다. 장날 아침이면 온 동네가 부산했다. 장에 내다 팔 닭을 깜박 잊고 닭장에서 내보낸 아침이면 온 동네가 닭을 잡으려는 소리로 시끄럽기 그지없다. 그런 집이 한두 집이 아니다보니 동네가 시끄러웠던 것이다. 토끼가죽, 노루가죽도 장으로 가지고 나갔고, 아버지들은 달걀을 열 개씩 짚으로 곱게 쌌다.

짐을 다 꾸리고 밥을 먹은 사람들은 무리를 지어 장길을 나섰다. 닭을 보자기에 싸서 머리에 이고, 거기에 달걀 싼 것까지 이고 길을 걸어가는 사람들과 산천은 참으로 아름다운 풍경이었다. 어머니 머리 위에서 머리만 내놓은 닭들은 자기들이 어디로 가는지 몰라 눈

알을 뛰룩거렸다. 이웃 마을을 지나면 사람들은 더 불어났다. 닷새 만에 만나기도 하고, 열흘 만에 만나기도 한 그들은 반갑기만 했다. 신작로는 사람들의 무리로 가득했다. 갈담까지 이어지는 사람들의 행렬은 마치 실꾸리에서 실이 풀어지는 것처럼 한이 없어 보였다. 무엇인가를 머리에 이고, 등에 짊어지고, 손에 든 사람들의 발걸음은 활달하고 거침없었다. 아무것도 들지 않고 그냥 장에 나가는 사람들도 있었다. 아무 볼일도 없이 장에 나가는 이들을 가리켜 사람들은 "남이 장에 가니까 씨나락 갖고 장에 간다" 또는 "남이 갓 쓰고 장에 가니, 투가리 쓰고 장에 간다"라고들 했다.

몇 개의 마을을 지나면 갈담 장으로 가는 지름길이 있었다. 그 길에는 징검다리도 있었다. 징검다리를 건너는 장꾼들의 모습은 강물과 함께 생동감이 넘쳤다. 강물이 많이 불어나 작은 징검다리가 떠내려가버리면 사람들은 신을 벗고 강물을 건너가기도 했다. 갈담 장은 덕치면, 강진면, 운암면, 청웅면, 삼계면을 아우르는 큰 장이었다. 소전은 없어도 개나 염소 등은 얼마든지 사고팔았다. 거긴 없는 것이 없었다.

내가 최초로 장에 갔던 때는 초등학교 1학년 무렵이었을 것이다. 아버지를 따라간 장은 크고, 엄청나게 많은 물건들이 눈부시게 쌓여 있었고, 수많은 사람들로 북적거렸다. 물건을 사고파는 사람들의 흥분된 흥정 소리는 사람들을 들뜨게 하기에 충분했다. 나는 눈길을 어디에다 둬야 할지 몰랐다. 아버지는 아는 사람도, 반가운 사람도 많았다. 끊임없이 인사하고 반가워하고 무슨 이야긴가를 했다. 어찌나 사람들이 많은지 나는 아버지 손을 꼭 잡고 있어야 했다.

점심때가 되자 아버지는 나를 김이 뭉게뭉게 피어나는 국숫집으로 데리고 들어가셨다. 우리 아버지 별명은 '국수 아홉 그릇'이었다. 어느 결혼 잔치에 가서 국수를 아홉 그릇이나 잡숫는 바람에 사람들이 입을 다물지 못했단다. 내 여동생들에게도 늘 장난삼아, "나 죽으면 제사 지낼 때 술 받아오지 말고 국수 사오너라" 하는 우스갯소리를 자주 하셨다. 아무튼 나는 이 세상에 나서 처음 '외식'으로 국수를 먹은 셈이었다. 그 국수는 정말 맛있었다. 많은 사람들 틈에서 국수를 먹는 맛은 기가 막혔다. 점심을 먹고 아버지와 나는 집까지 20리가 넘는 길을 걸어 돌아왔다.

국수 이야기가 나왔으니, 이야기 하나 더 하고 넘어가자. 어머니는 장에 가도 국수나 다른 음식을 사드시질 않았다. "내가 국수 한 그릇 먹을 돈으로 국수를 사면 식구가 다 먹을 수 있다"며 점심을 굶고 국수 한 그릇 값으로 국수 한 다발을 사서 우리에게 국수를 삶아주셨다.

갈담을 조금 지나면 작은 마을이 나오는데, 그 마을 가운데에 커다란 기와집이 한 채 있었다. 아버지는 그 고래등 같은 기와집을 보며 말씀하셨다. "용택아, 우리도 언젠가는 저 기와집 같은 집을 짓고 살 것이다." 나는 그때 기와집을 바라보던 아버지의 모습을 잊을 수 없다. 어른이 되어 다시 보니 그 기와집은 참으로 작고 초라했다. 하지만 그 기와집에 핀 살구꽃은 지금도 늘 그 마을을 마을답게 그려주고 있다. 지금은 그 집을 허물어버리고 더 번듯한 기와집을 지었다. 유리창이 달린 그 집에서는 고색이 사라졌다. 내가 초등학교 6학년 때 아버지는 참말로 그 기와집보다 더 큰 기와집을 지으셨다.

갈담 장은 이 근방 사람들에겐 세상을 향한 출구였다. 갈담 장에는 모든 것이 있었다. 외부로부터의 정보가 모두 갈담 장을 통해 우리에게 전해졌다. 혼담이 오가고, 무르익는 곳도 그곳이었으며, 농사의 모든 정보가 모이는 곳도 그곳이었다. 정치에 대한 모든 정보도 그곳에서 밝혀지고 여론이 조성되었다. 갈담 장은 이 모든 것들이 총체적으로 들끓는 장소였다. 사람들은 나이가 들어갈수록 갈담 장을 자주 드나들었다. 청년들이 유일하게 이 고을 젊은이들과 어울리는 곳이었고, 새로운 친구들을 사귀는 곳이었다. 갈담 장은 새로 만난 다른 동네 젊은이들의 싸움판이었다. 갈담에 거주하는 젊은 건달들이 산중에서 나온 어수룩한 젊은이들을 통해 봉 잡는 곳이기도 했다. 갈담의 젊은 패들은 오랫동안 이 근방의 모든 젊은이들을 손에 쥐고 흔들었다.

우리가 갈담을 거쳐 외지로 나갈 때 어깨를 펴고 다닌 지가 그리 오래전의 일은 아니다. 우리는 갈담 장이라는 곳 때문에 늘 갈담 장

깡패들(?)에게 쥐여 지내야 했다. 지금 나는 그때 그 깡패들 중 나이가 같은 놈들과 갑계를 하고 있다. 겟날이 되어 같이 놀다보면 옛날 갈담 청년들에게 당했던 얘기들을 한다. 처녀들에게도 장은 오랜만에 외지 바람을 쐴 수 있는 유일한 장소였다. 그러나 처녀들이 장에 맘대로 다닐 수 있었던 것은 아니다. 온갖 수단을 동원하고, 거짓말을 해야 포도시 장에 갈 수 있었다. 갈담을 거쳐야만 외지로 나갈 수 있는 그 길을 지금도 나는 늘 지나다닌다. 이농 현상으로 갈담 장은 줄어들고 작아졌지만, 지금도 어엿하게 장이 선다. 아직도 장은 시골 사람들의 숨통 노릇을 하고 있는 것이다.

순창으로 중학교를 간 나는 갈담 장보다 훨씬 큰 장을 보게 되었다. 내가 중학교 1학년 때만 해도 순창 장에는 그 유명한 '베개딱지' 전이 섰다. 베개딱지는 베개의 양옆에 대는 한 쌍의 딱지인데, 그 딱지에 학을 수놓았다. 불란서 실을 사용한 수는 붉고 화려했다. 순창군 일대에 사는 모든 처녀들은 닷새 동안 베개딱지에 수를 놓아 장날이면 장으로 가지고 나왔다. 순창군의 모든 처녀들이 장으로 모여들어 베개딱지전은 화려하고 시끄러웠다. 장에 온 처녀들로 인해 순창 장은 활기가 넘쳤다. 특히 순창극장은 장날이면 어김없이 낮에도 영화를 상영했다. 베개딱지를 한 보따리씩 이고 장을 향해 가는 처녀들의 모습을 상상해보라. 장 한쪽을 차지한 처녀들의 웅성거리는 모습을 상상해보라. 베개딱지전은 얼른 열렸다가 금방 파했다. 물건들이 금세 팔렸기 때문이다.

순창 장에는 아주 큰 쇠전이 있었다. 큰아버지는 소거간을 하셨는데, 이따금 시장 쇠전에서 우리에게 국밥을 사주셨다. 아버지도 장에 오면 우리에게 꼭 국밥을 사주셨다. 돼지 내장과 커다란 고깃덩어리가 든 국밥은 목구멍의 때를 벗겨주었다. 땀을 뻘뻘 흘리며 배가 터지게 국밥을 먹고 나면 세상에 부러울 게 없었다. 아버지가 장에 오시는 날은 우리 형제들에게 최고의 날이었다. 신 김치 하나로 일주일을 버텨야 하는 우리에게 국밥은 유일한 영양 보충의 길이었다.

어느 장이든 파장 무렵의 풍경은 묘했다. 어스름과 술꾼들, 여기저기 술 취해 쓰러진 사람들, 그리고 싸움판은 늘 삶을 스산하게 했다. 장이 안 서는 날 시장통은 그곳에 사는 건달들의 싸움판이었다. 우리처럼 촌에서 유학 온 아이들은 시장통 아이들을 제일 무서워했다.

고등학교 때도 나는 순창에 있었다. 순창농고를 다녔는데, 우리가 논에서 일을 하고 있으면 장꾼들이 수도 없이 지나갔다. 어떤 할아버지들은 술에 취해 노래를 부르며 집에 가기도 했는데, 그들 손에서는 갈치 새끼나, 조기 새끼들이 달랑거렸다. 그들은 장에 가야 할 아무런 이유가 없이 장에 가서 동무들을 만나 술잔을 기울이다 빈손으로 집에 가기가 뭐해서 쌈짓돈을 꺼내 갈치 새끼라도 사서 들고 갔다. 우리는 눈이 어두운 할아버지들에게 다가가 인사를 했다. 그러면 할아버지들은 비틀거리며, "응, 자네가 뉘 집 손자지?" 하며 알지도 못하면서 알은 체를 했다. 우린 그게 재미있어서 장날이면 일부러 도로로 나가 쉬며 할아버지들과 장난을 했다.

고등학교 3학년 때 나는 영농 학생이었다. 영농 학생은 학교의 일을 해주고 다소의 장학금을 받는 학생을 말한다. 영농 학생이 되면 학교의 농사를 다 지어야 했다. 학교에서 재배하는 채소를 수확해 순창 장에 나가 팔기도 했다. 우리도 다른 장꾼들처럼 리어카에 전을 벌이고 호객을 했다. 늘 웃기는 안뽕이라는 친구가 호객을 했는데, 어찌나 웃기던지 사람들이 꼬였다. 우리는 채소를 다 팔고 삥땅을 친 돈으로 짜장면을 사먹기도 했다. 선생님들도 우리의 그런 짓을 못 본 체 눈감아주셨다. 공부도 안 하고 장날 장바닥에서 장사를 하고 짜장면 먹는 재미는 그 어디에도 비길 수 없을 만큼 즐겁고 신나는 일이었다.

추석이나 설이 돌아오면 아내는 대목장을 보러 어머니와 동네 아주머니들을 모시고 꼭 순창 장에 간다. 어머니는 시장 가게마다 들러 "우리 큰며느리여" 하며 며느리를 자랑하신다. 평생 순창 장을 이용했기 때문에 가게 주인들은 어머니를 잘 안다. 매사에 거침없고 화통한 어머니는 시장통 가게 주인들과도 스스럼없이 지내셨다. 동네 사람들과 장을 다 보면 꼭 들르는 시장통 곱창집에서 점심을 먹는데, 그 곱창집 아저씨도 활달해서 어머니와 잘 통하신다. 나도 어머니, 아내와 함께 순창 장에 같이 간 적이 있는데, 어머니가 어찌나 가게 주인들과 재미있게 농을 주고받으시던지 옆에 있는 우리까지 즐거웠다. 순창 장에서 장 본 것들이 조금 미흡하면 어머니는 추석 안날이나, 설 안날 무조건 서는 갈담 장에서 장을 더 보신다.

시골 오일장은 한 지역의 정치, 경제, 문화가 발생하고 형성되어 완성되는 곳이다. 각 마을에서 수공업으로 만들어진 모든 물건들이 상품이 되어 팔려나간다. 짚으로 만든 망태나 짚신에서부터 산에서 난 나무들과 강에서 잡힌 물고기에 이르기까지, 모든 생산품들이 장으로 모여들었다. 농촌 마을의 모든 것들이 상품이 되어 세상으로 나가는 것이다. 그것은 건강한 경제적 활동이다. 어떤 농부가 만든 한 개의 도리깨나 갈퀴가 상품이 된다는 것은 경제활동의 평등을 의미한다. 제 맘대로 흘러가는 것 같은 이런 시장질서는 농촌의 경제활동을 늘 활기차게 한다. 이러한 시장의 건강한 기능은 시골 마을의 생활에 건강한 활기를 불어넣는다. 단지 물건을 사고파는 상거래에 그치지 않고, 그 거래 속에서 인간관계를 폭넓게 해주는 기능까지 아울렀던 것이다.

농촌 공동체의 붕괴로 인해 시골 장은 이제 '재래시장'이라는 이상한 이름으로 불리고 있다. 그러나 지금도 갈담 장과 순창 장에는 닷새마다 사람들이 모인다. 나이 든 몸으로 어렵게 주운 알밤을 가지고 나오기도 하고, 고사리, 참깨, 고추도 가지고 나온다. 젊은이들은 없지만 평생 갈담 장을 보아온 사람들이 아직도 장날이면 장에 가서 세상을 배워온다. 갈담 장도 여느 시골 장처럼 아침나절이면 거의 파장이 된다. 장바닥은 줄어들고, 장날이면 만나던 그리운 얼굴들은 하나둘 사라져 쓸쓸하기 이를 데 없지만 그래도 장은 선다. 지금 갈담 장에 가보면 국숫집이 하나 있다. 옛날 아버지가 장에 가시면 반드시 들러서 점심을 국수로 대신하던 그 집이 지금도 있다. 다른 그 어떤 집의 국수보다 나는 이 국숫집 국수를 좋아한다.

눈보라가 치는 겨울, 추운 몸을 움츠리고 손을 비비며 의자에 앉으면 솥에서 뭉실뭉실 김이 피어오르는, 따뜻하던 그 국숫집은 지금도 사람들을 기다리며 김을 올리고 있다. 여러 명이 비집고 앉을 수 있는 나무판자로 된 오래된 의자, 의자에 같이 앉으면 누구나 다 동무 같던 얼굴들, 수많은 사람들의 출출한 배를 따뜻하게 채워주었던 국수를 삶는 솥단지, 그리고 편안한 국숫집 아주머니는 갈담 장 복판에서 아직도 사람들을 기다리며 김을 피워올리고 있다.

제3부

———

그
때
그
시
절

우리 집 개, 네로

우리 집에서는 소와 개가 잘되었다. 염소나 돼지는 키워도 잘되지 않았다. 염소는 하는 짓이 어찌나 방정맞은지 아버지가 죽도록 싫어하셨다. 돌담 위를 방정맞게 걷는다든가, 부엌에 들어가 솥뚜껑 꼭지 위에 네발로 서기도 했다. 하는 짓이 그렇게 촐싹대고 까불어대니 우리 집에선 아예 염소를 키우려 들지 않았다.

돼지는 몇 번 키워보았지만 역시 잘되지 않았다. 한번은 돼지막을 그럴듯하게 짓고 암놈을 사다가 새끼를 낼 요량으로 정성을 다해 길렀지만 이놈의 돼지가 새끼를 낳지 않았다. 달력에 새끼 낳을 날짜를 빨갛게 표시해두었지만 날짜가 훨씬 지나도 소식이 없어 날만 새면 식구들이 돼지막가에 서서 걱정도 하고 기대도 했지만, 돼지는 그냥 멀쩡하게 꿀꿀거리며 구정물만 퍼먹었다. 허기사 안 밴 애 낳으라는 식이었다. 새끼를 배었어야 새끼를 낳지. 그냥 날만 지나가자 아버지는 돼지를 잡아버리셨다. 그 뒤로 아버지는 다시는 돼지를 기르지 않겠다고 하셨지만 어느 해인가 하도 돼지금이 비싸져 돼지를 키워 새끼를 내었는데, 이상한 병이 퍼져 어미와 새끼를 몽땅 잃은 적이 있다. 남의 집처럼 번듯하게 새끼를 내어 마당에 예쁜 새끼들이 꿀꿀거리며 돌아다닌 적은 내 기억엔 없다.

닭은 잘되었다. 어느 해인가는 닭을 전부 팔아 내 중학교 한 학기 회비를 낸 적도 있으니까. 옛날엔 돼지나 닭을 키우는 데 밑천이 들지 않았다. 특히 닭을 키우는 데는 전혀 밑천이 들지 않아 아주 실속이 있었다. 아침에 닭장에서 내놓으면 닭은 하루 종일 마당과 헛간과 논배미 등을 돌아다니며 벌레도 잡아먹고 곡식 낱알도 찾아 주워먹고 땅을 헤쳐 지렁이도 잡아먹으며 지내다 해가 지면 스스로 제 집으로 찾아들어 잠을 자고 새벽을 알려주었다. 계란을 팔아 우리 공책이나 연필을 사기도 하고, 명절 때는 돈 안 들이고 고기를 먹을 수 있었다. (돼지도 새끼를 살 때 돈이 들기는 했지만 기를 때는 전혀 밑천이 들지 않았다.)

이렇게 돈이나 곡식을 안 들이고 스스로 커서 살림살이의 밑천이 되고 생활에 요긴하니 농촌에 돼지나 닭이 없는 집이 없었다. 허드레 곡식이나 허드렛물 하나 버리지 않는 농민들의 그 야무진 살림살이야말로 오늘날 우리에게 큰 귀감이 되고도 남으리라. 곡식을 거둬들여 먹고 남는 것은 똥뿐이었다. 똥도 잘 썩혀서 다시 논밭에 뿌려 곡식을 토실하게 가꾸었다. 무엇 하나 버리지 않았던 것이다.

아무튼 우리 집에서 돼지는 잘 키우지 못했지만 개는 잘 키웠다. 아니 개는 키우면 잘 자라주었다. 새끼도 잘 낳았다. 내가 덕치초등 학교에 근무할 적이다. 그때 누이동생 둘과 막둥이가 덕치학교에 다니고 있었다. 차도 별반 다니지 않았던 당시는 동네별로 모여 줄을 서서 집으로 학교로 갔다. 맨 앞에는 애향단장이 노란 깃발을 번쩍 들어 휘날리며 줄을 서서 차도 안 다니는 논두렁길로 다니곤 했다. 완장을 차기도 하고 명찰도 달고, 기세도, 보무도 당당하게.

그러던 어느 날이었다. 혜숙이, 복숙이, 용태, 나 이렇게 동네 아이들과 섞여 이런저런 이야기를 하며 강변길을 따라 집으로 가는데, 혜숙이가 훌쩍훌쩍 울기 시작했다. 그러자 복숙이도 울고 용태도 울기 시작했다. '웬일이당가 요것들이.' 나는 왜 우느냐고 자꾸 물었지만 한참을 걸을 때까지 아무도 입을 열지 않았다. 오만 가지 생각이 내 머릿속을 오갔지만, 어느 것 하나 잡히는 게 없었다. 한참을 그렇게 걷다가 하도 답답해서 아이들을 세워놓고 화를 내며 물었더니 막둥이가 "개" 하는 것이었다.

"개? 개라니? 왜 개 때문에 울어?"

내가 다그쳐 묻자 혜숙이가 "오늘 장날이여" 하며 더 크게 우는 것이었다. 아하! 그제야 짐작이 갔다. 그동안 키워오던 강아지를 오늘 갈담 장에 내다 팔기로 했던 것이다. 집에 가면 자기들이 한 마리씩 맡아 기르던 강아지가 없을 테니, 그래서 울었던 것이다. 우리 집 식구들은 모두 그렇게 개를 좋아해서 늘 개를 키웠다. 아이들은 개나 닭이나 각자 한 마리씩 맡아 꼭 이름을 지어 유난히 그 짐승에게 애정을 쏟았다. 자기 것에게만 먹이를 주려 하고, 형 것이 자기 것을 귀찮게 굴면 마구 쫓아 혼을 내주었다.

언젠가 우리 집에서 '네로'라는 로마 황제의 이름을 가진 개를 기르게 되었다. 잿빛 털을 가진 암놈이었는데 포악했던 황제 네로와는 정반대로 순하디 순한 똥개였다. 네로는 새올 때부터 유독 순하게 잘 자랐다. 새끼도 쑥쑥 잘 낳아 식구들을 기쁘게 해주었다. 5년쯤은 아무런 말썽 없이 잘 지냈다. 아버지 뒤를 졸래졸래 따라가서 아버지 나무하시는 동안 이리저리 산을 돌아다니며 토끼를 잡아다 나뭇짐 아래 갖다놓기도 하고, 어떤 날은 토끼를 잡아 저 혼자 대충 먹고 절반쯤 가져오기도 했다.

네로는 날이 가고 해가 갈수록 식구들과 친해졌다. 말을 거의 알아들을 정도여서 어디를 가다가 네로가 따라와서 "집에 가거라, 집에 가" 하면 돌아서서 집으로 돌아갔다. 아침에 내가 출근하려고 나서면 꼭 이웃 마을까지 따라왔다가 아쉬운 듯 집으로 돌아갔다. 어머니와 아버지가 함께 들에 나가실 때는 꼭 어머니 곁에 앉아 있었다. 고추밭을 맬 때는 어머니 곁에 눕거나 앉아 있다가, 어머니가 저만큼 가면 일어나 또 그만큼 따라가 앉았다. 네로는 들길을 걸을 때나 밭을 맬 때나 늘 어머니의 말동무였다. 모내기할 때도 꼭 따라가서는 못줄을 따라가며 자리를 옮겼다. 지극히도 식구들을 따랐던 것이다. 특히 아버지와는 아주 오랫동안 정이 든 친구였다.

그런데 날이 가고 세월이 감에 따라 똥개 네로는 '여우'가 되어갔다. 어머니 아버지의 말을 안 듣는 게 아니라, 동네에서 말썽을 피우기 시작한 것이다. 70년대 초만 해도 양식이 그리 풍부하지 않아 개먹이가 늘 모자랐다. 보리를 삶아서 먹이는 집은 그래도 괜찮게 사는 축에 들었다. 대개는 누룽지에다 먹고 남은 국물을 섞어 개를 먹였다. 개들은 늘 허기지고 허천나 있었다. 새끼라도 낳을라 치면 더욱 배가 고파 허덕이고 다녔다. 네로도 마찬가지였다. 네로는 나이가 들어서인지 동네를 돌아다니며 먹을 것을 감쪽같이 찾아 먹어치우곤 했다. 그중에서도 순창 할머니 댁 소고기 도둑질이 유명하다.

어느 날 저녁밥을 먹고 어머니가 막 설거지를 하려는 참에 순창 할머니가 화난 얼굴로 우리 집에 들이닥치셨다. 다짜고짜 네로가 소고기 두 근을 먹어치웠다는 것이다. 어머니는 "아이구머니나" 하며 말을 잃으셨다. 이런 일이 한두 번이 아니었지만, 소고기 두 근이면 그때만 해도 어딘가. 어머니가 손이 발이 되게 빌고, 네로가 기거하는 헛간엘 가보았더니, 아니나 다를까 순창 할머니 댁 소고기 냄비가 씻긴 듯 깨끗이 비워져 뒹굴고 있었다. 할머니는 투덜거리며 빈 냄비를 들고 집으로 돌아가셨다. 어머니는 바로 오리알 스무 개를 들고 할머니 댁에 가서 사정을 하셨다. (그때 오리를 기르던 우리 집에는 알이 많이 있었다.)

"어쩐다요 그리 되야부렀는디, 용서하시고 이 오리알이라도 드시오. 개 새끼 낳으면 한 마리 꼭 드리리다."

어머니의 간곡한 말씀이 고마웠던지, 개가 한 짓을 사람 탓으로 돌리기가 무안했던지 이튿날 아침 순창 할머니는 오리알을 고스란히 도로 가져오셨다. 통안이댁네 오리알이 어떻게 목구멍으로 넘어가겠느냐고 하셔서, 어머니가 통사정을 하다시피 해서 반만 갖고 돌아가셨다. 지금도 이 이야기는 진메 마을 사람들에게 회자되고 있다. 네로의 소행은 여기서 그치지 않았다. 한수 형님 내외가 느닷없이 찾아와서는 "아, 우리 집 냄비 내놔" 하며 그 사람 좋은 얼굴로 냄비를 찾아가고, "아 통안이댁, 우리 집 냄비 혹시 여그 없어?" 하며 동네 아주머니들이 네로가 기거하는 헛간에서 냄비나 양푼을 찾아가곤 했다. 그런 일은 네로가 새끼를 낳을 때나 모내기 철이나 벼 베기 철에 빈번하게 벌어졌다.

내일 모내기하려고 갈치나 고등어를 냄비나 양푼에 넣어 부엌 아궁이 잉걸불 위에 지져놓고 들에 나가면 그때를 놓칠세라 네로가 꼭 도둑질을 해댔다. 정지문(부엌문)을 닫아놓아도 살짝 열고 들어

가서는, 냄비 뚜껑이 열리지 않도록 한쪽 손잡이를 물고 집으로 가져가서 냄비 속의 음식을 감쪽같이 먹어치우곤 했던 것이다. 그런 일이 하도 자주 일어나니 동네 아주머니들은 야무지게 단속을 하다가도 '아차' 하는 순간에 여지없이 당하곤 했다. 그렇다고 개를 묶어둘 수도 없었다. 새끼 때부터 묶어 키우면 길이 들지만 오래 놓아 기른 개를 묶어둔다는 것은 거의 불가능했다. 개가 어찌나 나대고 짖어대던지 동네가 다 시끄러워졌다.

아무튼 네로가 새끼만 낳으면 온 동네가 비상이 걸렸는데 번번이 한두 집씩은 당했다. 어머니는 그때마다 통사정을 하고 그에 합당한 오리알로 일을 마무리하고 웃고 지나갔다. 어머니 수완이나 되니 그냥 지나갔지 다른 집에서 그런 일이 일어나면 어림 반 푼어치도 없었다. 어머니는 일을 당한 집에 손해가 가지 않도록 마음을 꼭 쓰셨다. 오이가 많이 열리면 오이를 갖다주고, 가지나 호박이 잘 열리면 아까운 줄 모르고 꼭꼭 보상을 했다. 한번은 어머니가 네로가 냄비를 물고 오는 것을 똑똑히 보신 적이 있다고 한다. 냄비 손잡이를 살짝 물고 사뿐사뿐 자기 집으로 가져가서는 발로 뚜껑 꼭지를 살살 건드려 열고는 잘도 먹더란다. 얼른 달려가 뺏긴 했지만 놀라울 정도로 침착하고도 조용조용 일을 해치우더라는 것이다. 그런 일이 하도 많으니 나중에는 모두 단속을 잘해서 피해를 입는 집이 줄어들었다. 상추밭에 똥 싼 개라더니 무슨 일만 벌어지면 다 우리

네로 짓으로 돌리는 경우도 허다했다.

하루는 나무하러 가는 아버지를 따라나선 네로가 저녁이 되어도 집에 돌아오지 않았다. 식구들은 모두 조금 있으면 오겠지 하며 기다렸지만 아홉시 열시가 넘어도 오질 않았다. 마당에 훤하게 불을 밝혀두고 집안 식구들은 초조하게 기다렸다. 특히 아버지는 안절부절못하고 마당에서 서성거리며 앞산에다 대고 큰 소리로 네로를 부르셨다. 열두시가 넘어도 네로가 돌아오지 않자 식구들은 모두 잠이 들었다. 나는 자다 깨다 했는데 그때마다 큰방에서 아버지와 어머니가 두런두런 이야기하시는 소리가 들렸다. 날이 새도 네로가 나타나지 않자 아버지는 지게를 지고 어제 나무했던 곳으로 가서 하루 종일 그 근방을 찾아보다 빈 지게만 지고 터덜터덜 집으로 돌아오셨다. 그렇게 이틀이 지났다. 식구들은 이제 네로가 어디에서 쥐약을 먹고 죽어버렸거니 했다.

네로가 집을 나간 지 사흘째 되는 날이었다. 새벽 세시나 네시쯤이었을 것이다. 아버지가 잠을 자는 둥 마는 둥 하고 있는데 강 건너에서 무슨 이상한 소리가 들리더라는 것이다. 아버지는 이상한 예감이 들어 벌떡 일어나 정신을 바짝 차리고 그 소리에 귀를 기울이셨단다. 쇠가 돌멩이에 부딪혀 딸그락딸그락거리는 소리가 들리고, 어찌 들으면 개소리인 것도 같아 아버지는 후닥닥 옷을 챙겨 입고 우리를 깨우셨다. 어머니는 어디서 손전등을 얼른 빌려오셨다.

어머니와 나와 아버지는 잔뜩 긴장해 숨도 제대로 쉬어지지 않았다.

조심조심 징검다리를 건너고 물소리가 끊기는 강 건너 기슭에 다다를 때쯤 언뜻 푸른 불빛 두 개가 번뜩이며 짐승 같은 몸짓이 보였다. 순간 모두 긴장했다. 그때 그 푸른 불빛에서 낑낑거리는 신음 소리가 들려왔다. 우린 얼른 뛰었다. 아, 거기 네로가! 강 건너 쪽 징검다리 첫 징검돌에 네로가 뭔가에 걸려 낑낑대고 있었다. 아버지는 얼른 네로를 보듬어 안으셨다. 그러나 네로가 들리지 않아 아버지는 엉거주춤 서고 말았다. 손전등을 얼른 낑낑대는 네로의 몸뚱어리에 비추어보았다. 아, 이게 웬일인가. 네로의 오른쪽 발끝에 커다란 쇠덫이 물려 있었다. 덫에 매단 철사줄과 함께. 아버지와 어머니와 나는 동시에 "아!" 소리가 저절로 나왔다. 내가 얼른 덫을 들고 밖으로 나갔다. 덫은 무척이나 무거웠다. 아버지와 나는 있는 힘을 다해 덫의 아가리를 벌리고 네로의 발을 빼냈다. 발바닥 둘째 마디가 야무지게도 물려서 뼈가 으스러지고 피가 범벅이 되어 있었다. 네로는 이제 신음 소리도 내지 못했다. 네로를 보듬고 집으로 돌아와 따뜻하게 해주고, 우리는 개가 받았을 고통에 괴로워했다.

이튿날 아버지는 새벽같이 약을 지어다 네로의 발에 바르고 붕대로 감아주셨다. 이웃집 사람들도 네로가 덫을 끌고 산길을 내려온 것에 대해 감탄했다. 더군다나 아픈 몸으로 어떻게 덫에 매어놓은 철사줄을 몇 가닥이나 끊었는지 지금도 나는 그 일이 불가사의하다. 철사줄은 가는 안경테만한 굵기였는데 말이다. 다행히 네로는 차츰 발이 나아 이전처럼 들로 산으로 아버지와 어머니를 따라다니며 말동무가 되어주고 귀찮은 말썽꾼도 되었다.

· · ·

네로가 우리 집에 새끼로 온 지 꼭 9년째 되던 해였다. 그해에도 네로는 새끼를 여섯 마리나 낳았다. 새끼를 낳자 네로는 또 동네 부엌을 드나들었지만 먹을 만한 음식은 없었던 모양이다. 네로가 문득 이상한 낌새를 보이기 시작한 것은 그 무렵이었다. 쥐약을 먹은 모양이었다. 아직 새끼 젖도 떼지 않은 때였다. 개들은 쥐약을 먹으면 무조건 길길이 뛰면서 깨갱거렸다. 집에 가만히 있질 못하고 이리 뛰고 저리 뛰며 마구 어딘가로 달아나버렸다. 후드득거리며 집 안을 뺑뺑 돌다가 냇물로 쏜살같이 뛰어들어 죽어버리기도 했다. 그렇게 죽은 개는 그래도 다행이었다. 어디서 죽었는지도 모르게 죽는 경우도 많았다.

진메 마을은 동네가 이름처럼 길다. 골목이 없다. 골목이래야 두세 집 정도 지나는 게 고작이다. 산 아래에 바로 동네가 있고 문 앞으로 난 길 하나 건너면 모두 논이었다. 그러니까 마당에서 훌쩍 뛰면 바로 논인 것이다. 그래서 곡식이 익을 때쯤이면 닭과 개와 송아지 때문에 늘 큰소리가 났다. 벼가 익을 땐 쥐까지 합세해서 곡식에 해를 끼치니 문전에 전답을 짓는 사람들에겐 쥐, 개, 닭, 송아지가 늘 원성의 대상이었다.

송아지란 놈은 인정사정없이 아무 논밭에 뛰어들었다. 못자리, 벼가 익어가는 논, 싹이 쫑긋쫑긋 솟아나는 마늘밭, 가지밭, 호박밭, 배추밭 할 것 없이 천방지축 뛰어다니는데 논밭 주인이 고함을 지르고 돌을 던지면 요놈은 한결 더했다. 고함을 지르면 우뚝 섰다가 더 방정맞고 기운차게 뛰어다녀 이제 막 싹이 나오는 밭을 엉망진창으로 만들어버리는 것이었다. 엎친 데 덮친다고 송아지가 뛰면 어디서 나타났는지 개까지 덩달아 송아지를 쫓아 뛰는 것이다. 개와 송아지가 이리저리 뛰면 또 어디서 나타났는지 동네 다른 송아지들까지 합세하는 것이다. 막지 못하고 웃지 못할 일이 벌어지고 그날 저녁에 동네만 시끄럽다. 송아지 주인과 밭 주인의 싸움이 시작되는 것이다.

"집이는 짐승 안 키우요?"

"송아지가 크면 매야지."

딱 이 두 마디 말이 새끼를 치고 새끼를 쳐 해가 지고 집집이 저녁 연기가 다 사라질 때까지 싸우는 것이다. 송아지는 그렇다 치고 개도 여러 가지로 말썽을 피웠다. 개가 어떻게든 '개구멍'을 내 들어가면 닭도 그 구멍으로 따라 들어가게 마련이다. 개는 똥 싸고, 닭은 헤집고…… 개는 주로 텃논에 들어가 다 익은 벼를 장난질하며 눕히고 다녔다. 나락을 덕석에 널어놓으면 그 위에서 뛰놀아 다 흩어지게 하기도 했다. 닭은 또 어떤가. 텃논에 벼가 익기 시작할 때부터 고개 숙인 벼를 쪼아 먹기 때문에 또 동네가 시끄러워진다. 제일 큰소리를 많이 치고 욕을 우악스럽게 하는 사람은 누가 뭐래도 우리 큰집 할머니와 성만이 양반네 어머니였다. 이분들의 입은 하도 험해서 여기에 그 욕을 적지 못하는 게 매우 유감이다. 엄청난 욕을 해대며 닭을 쫓는 두 노인을 보고 웃지 않은 이들이 없었다. 나이 든 남자들은 그런 할머니들 곁을 지나며 실실 웃었고, 아낙네들은 욕의 내용 때문에 숨어서 킥킥 웃었으며, 뭘 잘 모르는 큰애기들은 낯을 붉히며 숨었고, 총각들은 싱글싱글 웃으며 느물거렸다. 닭은 텃논이나 텃밭에 널어 말리는 나락마당에도 늘 말썽이었다.

쥐는 나락이 익어가는 논에서 가장 큰 적이었다. 쥐 때문이기도 하지만 닭과 개가 다칠까봐 나락 주인은 저물녘에 동네방네 돌아다니며 쥐약을 놓는다고 엄포를 놨다. 모두 알아서들 하라는 것이다. 뒷일은 절대 책임을 지지 않겠다며 멸치대가리에 쥐약을 묻혀 곳곳에 뿌려둔다. 이 쥐약 묻은 멸치대가리를 먹고 죽은 쥐를 개가 먹고 깨갱거리고 길길이 뛰며 동네를 휩쓸다가 어딘가에서 죽어버리곤 했다. 쥐약을 먹고 죽은 개가 눈에 띄면 동네 사람들은 그 개를 그을려 창자는 버리고 나머지로 목구멍의 때를 벗기곤 했다.

아무튼 쥐약을 먹었는지 어쨌는지 네로는 어쩔 줄을 모르고 왔다 갔다 하다가 다시 집으로 와서 새끼들한테 몸을 비비다가 속이 타는지 또 어디론가 재빨리 도망갔다 돌아와서는 새끼들에게 몸을 비비고 뒹굴기를 여러 번 반복하는 것이었다. 말 못 하는 짐승이지만 얼마나 새끼들을 못 잊으면 저럴까 싶어 어머니와 아버지는 안절부절못하셨다. 그래도 할 수 없었다. 제 운명이 다한 것이다. 아버지가 쥐약 먹은 네로가 달려들면 어쩌나 하시면서 새끼들 옆에 뒹굴며 안타까운 눈을 한 네로를 잡아 묶어두었더니, 네로는 오래오래 서러운 눈빛으로 식구들과 새끼들을 보다가 끝내 죽어버렸다. 안타까운 일이었다. 아버지는 삼태기와 괭이를 챙기셨다. 묻어주려는 것이었다. 이것을 본 동네 사람 몇이 꼴마리(허리춤)에 손을 집어넣고 슬슬 모여들었다.

"어이 규팔이, 꼭 묻을랑가?"

"씰데없이 침 삼키지 마."

"그려, 글면 그래봐."

이렇게 물러서는가 싶으면 또다른 사람이 와서 슬슬 이 눈치 저 눈치 보며 말을 툭툭 던졌다. 아버지는 지게를 챙겨 개를 짊어지셨다. 그때였다. 웬 낯선 사람이 우리 집 근처로 어슬렁어슬렁 오고 있었다. 이상한 자루를 손에 든 그는 죽은 네로를 보더니 눈을 번뜩

빛내며 다짜고짜 덤벼들었다.

"이 개 쥐약 묵고 죽었구만이라우잉, 내게 파시오."

아버지는 화를 버럭 내시며 넋 빠진 소리 말라고 하셨다. 그때 동네 사람이 하나 나서더니 "을마 줄라요?" 하고 지나가는 말로 흘리니까 "오천 원 주지라우" 하는 것이었다. "예끼 이 순……" "만 원만 주쇼" 하며 그렇게 흥정 아닌 흥정이 붙더니, 그 사람이 "그럽시다, 글면" 하며 순순히 만 원을 내놓는 것이었다. 너무 짧은 순간의 일이어서 아버지도 그 판에 휩쓸려 못 이기는 척하고 그렇게 하셨다.

어미가 죽자 여섯 마리 강아지들이 문제였다. 부엌에서 누룽지로 키우니 부엌이 엉망진창이 되고 요것들이 꼭 국솥 아궁이로 들어가 잠을 잤다. 아침에 나가보면 굴뚝새같이 새까맣게 그을음을 뒤집어쓰고 나왔다. 사람이나 짐승이나 어렸을 적 부모 잃으면 모두 저 모양 저 꼴이 되는구나 싶어 늘 강아지들이 불쌍했다. 어쩌다 그냥 죽어버린 두 마리는 아버지가 동네 앞 내가 심어놓은 느티나무 밑에 묻어주셨다. 남은 네 마리 중 두 마리는 각각 복두네와 성만이 어른네가 사갔지만, 밥은 우리 집에 와서 먹고 잠도 우리 집에서 잤다. 요것들도 새끼 때부터 꼭 어머니를 따라다녔다. 모내기 철 못줄을 자꾸 옮겨 어머니와 멀어지면 논두렁을 따라 옮겨와 앉곤 했는데 논두렁을 다니며 일하는 사람들에게 거치적거려 늘 지천을 들었지만 끝까지 따라다녔다. 조금 자라자 아버지는 새끼들마저 보기 싫

다고 팔아버리셨다. 강아지 판 돈과 네로 판 돈으로 아버지는 새끼
돼지를 사오셨다. 다시는 내가 개를 키우는가 봐라 하시며.

우리 집은 돼지가 잘 안 되는 집인데도 돼지는 새끼를 세 마리나
낳아 탐스럽게 쑥쑥 컸다. 세 마리를 다 기를 요량이었지만 아니나
다를까, 한여름이 되자 새끼돼지들의 몸뚱이에 붉은 반점이 생기
더니 금세 죽을 것 같았다. 동네 사람들을 불러 아버지는 새끼들을
잡아먹게 했다. 3, 40근 나가는 돼지를 공짜로 먹기가 미안했던지
동네 사람들은 조금씩 돈을 거둬 아버지에게 드렸다. 아버지가 몸
이 많이 편찮으실 때였다. 그때가 아마 80년대 초였을 것이다. 크게
낙심한 아버지는 어느 날 장에 가서 아주 예쁜 복슬강아지를 사오
셨다. 키가 작고 바둑무늬가 있는 굉장히 귀여운 개였다. 아버지는
이름을 '네롱'이라고 지으셨다. '로' 자에다 이응 받침을 붙였던 것
이다. 이놈도 꼭 아버지와 어머니 일하는 데를 지성스럽게 따라다
녔다.

요놈도 식구들의 애간장을 태운 적이 한 번 있다. 오전에 벼 훑는
일을 끝내고 오후에 어머니가 그 논 위로 알밤을 주우러 가셨는데,
요 네롱이란 놈이 어머니가 저녁때도 그곳으로 일하러 올 줄 알고
오전에 일한 곳으로 가서 나락가마니 밑에 쭈그려 잠을 자버린 것
이다. 어머니는 생각도 안 하고 날이 어두워 집에 와보니 네롱이가
집에 없었다. 동네 여기저기 찾다가 밤이 되어도 들어오지 않아 우

리는 걱정을 하다가 잠이 들었다. 아침밥을 먹고 논에 가보았더니, 아니 글쎄 네롱이란 놈이 그때까지 나락가마니 밑에서 잠을 자고 있었던 것이다. 참 웃기는 놈이었다.

지금 우리 집엔 날 닮아 키가 땅딸막하게 생긴 '검둥이'가 있다. 요놈도 옛날 개들과 똑같이 어머니와 나를 잘 따라다닌다. 아침에 내가 산책을 가려고 하면 얼른 꼬리를 치며 따라오지만, 출근 차림을 하고 구두를 신으면 별로 기쁜 내색을 하지 않고 느티나무 있는 데까지도 나오지 않는다. 어머니가 망태를 메거나 지게를 진 일 차림이면 얼른 따라나서지만 가벼운 동네 마실 차림이면 나서지도 않는다.

요즘 시골에서는 개를 가두거나 묶어놓고 기른다. 개금이 비싸서 몽땅 새끼를 키우는 집도 있고, 계획적으로 새끼를 내어 실속 있게 돈을 벌기도 하지만 우리 집에선 왠지 그런 일이 잘 안 된다. 우리 집은 아직도 개를 가두거나 매어 키우지 않고 그냥 내놓고 기른다. 검둥이는 아주 특별한 대우를 한몸에 받는다. 동네 사람들도 모두 귀여워한다. 여름 느티나무 아래서도 꼭 어머니 곁에 엎디어 잠을 잔다. 어머니는 늘 우리에게 그러셨다. "개도 우리 집 식구가 이뻐해야 남들도 무시 못 하고 이뻐한다." 나는 남들이 우리 집 개를 업신여기거나 허투루 발로 차는 것을 한 번도 보지 못했다.

쥐가 나를
쳐다봐요

　내가 초등학교에 다닐 때나 선생을 할 때나 다 쥐 잡는 날이 있었다. 초등학교 때는 쥐를 잡아서 꼬리를 잘라 학교로 가져가야 했다. 아이들마다 한 달에 몇 마리씩 할당량이 있었다. 그때는 참으로 쥐가 많고 크기도 했다. 쥐는 잡아도 잡아도 끝이 없었다. 우리는 시궁창에서 죽은 쥐를 건져 꼬리를 잘라 말리곤 했다. 징그럽고 더러웠지만 안 가져가면 혼나니까 어떻게든 할당된 마릿수를 채워야 했다. 그렇다고 죽은 쥐가 많이 있을 리 없어서 아이들은 어쩌다 생긴 오징어 다리를 흙에 문대고 삶아 말렸다. 오징어 다리는 영락없이 쥐꼬리 같았다. 되게 하기 싫은 일 중 하나였다.

　6·25가 끝나 피란생활에서 돌아오니 진메 마을은 모두 불타버리

고 집터만 남아 있었다. 사람들은 산에 가서 나무를 베어다 기둥을 하고 서까래를 해서 방 하나, 부엌 하나, 말 그대로 초가집을 지었다. 벽은 흙으로 발랐지만 천장까지 흙으로 얹을 수가 없어서 억새를 엮어 이었다. 어떤 집은 너무 엉성해서 누우면 하늘이 보일 정도였다. 그런 집 천장엔 이따금 구렁이가 슬슬 기어다니기도 했다. 구렁이란 놈은 달걀을 먹거나 쥐를 잡아먹기 때문에 집 안에 늘 있었다. 구렁이든 쥐든 징그럽기는 마찬가지였다.

쥐들은 크기도 해서 참말로 강아지만한 쥐들이 집 안 여기저기를 늘 찍찍거리고 다녔다. 지붕을 새로 이다가 보면 엄지손가락만한 빨간 새끼 쥐들이 오물오물했다. 쥐들은 살강이고 쌀자루고 보릿자루고 논이고 밭이고 간에 어디든 드나들어 농민들의 웬수였다. 옥수수가 익을 무렵이면 옥수숫대를 타고 올라가 갉아먹었으며, 벼가 익기 시작하면 벼 밑동을 갉아 쓰러뜨렸다. 땅속에 저장해놓은 밤 구덩이를 파고 들어가 알밤을 갉아먹었으며, 씨감자, 씨고구마, 무 구덩이까지 들어가 먹어치웠다. 광이고 창고고 작은방이고 큰방이고 부엌이고 쥐가 안 돌아다니는 곳이 없었다. 쥐들과의 전쟁은 늘 있었지만 번식력이 왕성하기로 이름난 쥐새끼들을 당해내지 못했던 것이다.

가을철이 되면 논밭에서 거둔 곡식들을 강변에 쌓아놓고 말렸는데, 콩이나 팥이 가장 많았다. 콩은 동을 만들어서 말렸다. 그래서 콩동이라고 했다. 가리나무같이 차곡차곡 쌓아 둥그런 통나무처럼 만들었는데, 그 콩동을 강변 바윗돌 위에 얹어 말리곤 했다. 그 콩동 밑엔 늘 쥐들이 들끓었다. 강변에 콩동이 다 없어진 다음 우리는 그 콩동 밑 바위 속에 숨어 있는 쥐들을 소탕하는 대대적인 쥐잡기를 시작했다. 풀들이 말라 불을 붙이면 잘 탈 즈음이었다. 쥐들이 있을 법한 바위를 선택해 바위 밑 구멍에다 연기를 피웠다. 오소리굴에 연기를 피워 오소리를 잡듯이, 쥐굴에 연기를 피우면 바위 밑에 있던 쥐들은 연기를 견디지 못하고 뛰쳐나와 도망갔다. 그때를 놓치지 않고 우리는 쥐를 쫓아 밟아 죽이거나 나무막대기로 두들겨 잡았다. 불을 때고 연기를 피워도 쥐가 나오지 않으면 지렛대를 이용해 바위를 뒤집어버렸다. 그런 바위 밑엔 반드시 쥐굴이 있었다. 겨울철 내내 강변의 바위는 까맣게 그을리고, 정월대보름 쥐불놀이 전에 강변은 까맣게 불에 타버렸다. 그렇게 강변의 쥐를 다 잡아도 이듬해엔 어김없이 쥐들이 또 바위에 찾아들어 집을 지었다. 강물 속의 물고기들을 잡아도 잡아도 끝이 없는 것과 같았다.

집 안에서도 쥐잡기는 늘 있었다. 쥐가 좋아하는 생선대가리에 양잿물을 뿌려놓으면 쥐가 먹고 죽었다. 쥐약도 있고 쥐덫도 있었다. 또 족제비가 쥐를 좋아해서 덫으로 족제비를 잡을 때 쥐가 미끼로 쓰이기도 했다. 쥐가 뻔질나게 다니는 길에 가는 철사로 올가미를 놓기도 했지만 별 실효가 없었다. 자다가 떡 얹어 먹기요, 봉사

문고리 잡기였다. 어쩌다 커다란 구렁이가 쥐를 대가리부터 삼키는 것을 볼 수 있었는데, 징그러웠다. 쥐의 몸이 서서히 사라지면서 뱀의 배가 툭 불거지는 모습, 이윽고 쥐의 꼬리가 점점 뱀의 입속으로 사라지는 모양을 생각하면 지금도 속이 뉘욱뉘욱한다.

지금 내가 자는 작은방에는 볏가마를 쌓아두었는데 어떻게든 쥐들이 들어왔다. 문구멍을 잘 막아도 쥐들은 밤이면 구멍을 뚫었다. 지금도 우리 집 문살에 쥐가 갉은 이빨 자국이 선명히 남아 있고, 어떤 문살은 갉혀서 부러진 것도 있다. 아무튼 쥐새끼들은 밤이면 작은방에 들어가 나락을 까먹고 배가 부르면 무슨 장난을 하는지 온갖 지랄들을 하며 뽀스락대고 우당탕거렸다. 화딱지 나는 일이었다. 그런 밤이면 나와 아버지 어머니는 쥐사냥을 했다. 아버지는 준비해둔 광목 쌀자루를 갖고 나가 쥐가 뚫고 들어간 문구멍에다 자루 주둥이를 대셨다. 나는 재빨리 나무판자나 그릇으로 쥐구멍들을 막았다. 어머니는 작은방으로 들어가 나무막대기로 이 구석 저 구석을 들쑤셔 쥐들을 쫓으셨다. 후닥닥 이리저리 숨던 쥐들은 막대기에 쫓겨 문구멍으로 도망치다가 아버지가 대고 있는 자루로 쏙 들어갔다. 아버지는 "옳다, 잡았다" 하며 자루를 불끈 쳐들었다가 땅바닥에 패대기를 치셨다. 이렇게 잡아도 잡아도 쥐들은 끝이 없었다.

어느 해였던가. 그날도 아버지가 들에서 늦게 오셔서 나는 내 방에 걸린 쇠죽솥에다 쇠죽을 끓이고 있었다. 불을 피우자 집 여기저기 연기가 퍼졌다. 나는 하도 매워서 뜰방에 서서 연기를 피하며 생눈물을 닦고 있었다. 그런데 뜰방 한군데에서 연기가 퐁퐁 솟아났다. 연기가 굴뚝으로 빠져나가지 않고 왜 그리로 샐까, 쥐새끼들이 뚫었나 싶어 구멍을 발로 막다가 뭔가 이상한 느낌이 들어 연기가 나오는 구멍을 들여다보았다. '핫, 요것들 봐라.' 아, 글쎄 쥐새끼들이 눈을 반짝반짝 까맣게 빛내며 그 예쁜(?) 주둥이를 살짝 밖으로 내놓고 연기를 피하고 있는 게 아닌가. 그것도 한 마리가 아니라 '파이팅' 하기 직전의 운동선수들처럼 둥그렇게 빙 둘러서서 일제히 밖으로 코를 내밀고 있는 것이다. 그 작은 코를 벌름거리다 내가 쑥 쳐다보면 얼른 숨었다가, 내가 고개를 돌리면 다시 일제히 동그랗게 모여 파이팅(?)을 외치곤 하는 것이 아닌가. 와, 요것들을 어떻게 죽여야 잘 죽였다고 신문에 날까. 나무막대를 손에 쥐고 구멍을 한참 들여다보다 쥐새끼들이 나오면 재빨리 구멍에 막대기를 넣고 사정없이 쑤시곤 했지만 허사였다. 요것들 봐라, 하. 그때 내 머릿속에 갑자기 전깃불이 확 켜졌다. 그래, 바로 그거야. 나는 세숫대야에 물을 가득 담아 쇠죽솥에다 넣었다. 한참을 두었더니 쇠죽과 함께 물이 펄펄 끓었다. 대야를 꺼내들고 살금살금 쥐구멍을 향해 나아갔다. 두고 봐라, 이 쥐새끼들. 내 잠을 깨우고 우리 집 고구마, 무, 감자, 벼, 콩, 강냉이를 축내고 살강으로 드나들고 문구멍을 뚫고 가마니를 뚫는 이 쥐새끼들. 나는 쥐구멍에 대고 사정없이 펄펄 끓는 물을 부어버렸다. 그랬더니 물이 풀방 밑 마당으로 쏟아져 나오면서 쥐새끼들이 함께 빠져나왔다.

요즘은 들고양이가 많고 쥐를 잡는 인간의 방법이 너무 다양해서 쥐가 그리 많지 않다. 지금 내가 자는 방 천장에는 이따금 생쥐가 토다닥 뛰어다닌다. 다 커도 엄지손가락만한 생쥐는 잽싸고 약삭빠르고 눈치 빠르기 이를 데 없다. 사람이 나타나는 기미만 보이면 잽싸게 숨었다가 움직임이 없으면 사람이 보는 앞에서도 그 작은 눈빛을 반짝거리며 슬슬 자기 일을 보려고 한다. 그러다 사람이 눈곱만큼이라도 움직일 기미가 보이면 잽싸게 제 구멍으로 쏙 들어가버린다. 그래서 약삭빠른 인간더러 '생쥐 같은 놈'이라고 하는가보다. 요즈음 생쥐를 닮은 인간들이 많아졌다. 어머니는 늘 부엌에 나 있는 생쥐 구멍을 밤송이로 막으셨지만 별반 소용이 없기는 마찬가지였다.

오래전 나와 함께 근무한 김숙주라는 선생이 있었다. 숙주나물처럼 생긴 그 여선생은 학교 밑 마을에서 자취를 했는데, 그 방에도 생쥐가 들랑거렸던 모양이다. 하루는 여느 때와 똑같이 저녁밥을 먹고 추운 방에서 이불을 덮고 엎드려 책을 보려는데 윗목 구석으로 우연히 눈길이 갔더란다. 그런데 거기 쥐가 구멍에서 막 나오려다 김숙주 선생을 쳐다보더란다. 어찌나 무섭던지 엉겁결에 몸서리를 치며 크게 고함을 지르자 큰방에 있던 식구들이 놀라서 신도 안 신고 뛰어왔더란다. 와보니 숙주나물 선생이 두 손으로 얼굴을 가리고 서 있더란다. "왜 그러시냐"고 두어 번을 물어본 다음에야 두 손에서 얼굴을 뗀 김선생이 "쥐가 나를 쳐다봐요" 하더란다. "쥐가 쳐다봐?" 큰방 식구들은 속으로 '별 선생도 다 있지, 쥐가 쳐다본다고 그렇게 악을 써'라고 했단다. 그 뒤로 나는 김숙주 선생을 늘 놀려먹었다. "쥐가 쳐다봐." 나쁜 쥐 같으니라고 감히 사람을 쳐다보다니.

나는 쥐띠 해 음력 팔월 열이튿날 태어났다. 시를 잘 맞추어 태어났다고 한다. 어머니는 그때 우리 동네에 시계가 하나도 없어서였는지, 내가 언제 태어났느냐고 사주쟁이가 물어보면 "저녁밥 묵고 한참 있다 어둑어둑할 때, 궁게 쥐들이 막 먹이를 찾아 헤매기 시작할 때"라고 말씀하신다. 들판 여기저기 먹을 것이 지천으로 널려 있던 시절이어서 먹을 복은 제대로 타고 태어났다고 한다. 그래서 어른이 된 요즘에도 밥이 없어 굶은 적은 한 번도 없다.

어머니는 무슨 이야기만 나오면 시인 김수영 어머니처럼 너는 객지로 나가야 출세를 한다고 말씀하시곤 했다. 시골 쥐더러 도시 쥐가 되라는 말인데, 나는 어머니 곁에서 시골 쥐로 사는 게 더 행복하고 좋다. 시궁창이나 하수도, 쓰레기장이 있는 곳에 가지 않아도 땅속을 파고 땅 위에 흘린 곡식만 가지고도 행복한 것이다. 아직은 그래도 공기 좋고 물 좋은 곳에서 시골 쥐로 사는 게 좋다. 캄캄한 밤

하늘엔 별, 아침이면 땅에서 피어나는 땅안개, 늘 보는 산, 몸과 마음을 비울 수 있는 무심한 걸음걸이가 있는 이곳이 나는 좋다.

많이 알고 많이 배운다는 것은 무엇인가. 그것은 생활과 생각과 행동을 단순화하는 것이라고 나는 믿는다. 침묵 속에서만 진실이 보이고 세상이 바로 보인다. 내가 정지해야 움직이는 것이 보인다. 저 자연 속에 내가 하나의 점처럼 있다. 침묵하는 법, 정지하는 법을 터득해가면서.

북두칠성이란다

　여름철 아이들은 저녁 밥숟갈을 놓기가 바쁘게 배를 덮을 헌 오바나 담요 등을 가지고 강변으로 나갔다. 강변엔 저녁잠을 잘 곳이 모두 정해져 있었다. 집 안에서 잠을 잘 수 없을 만큼 날이 더워지기 전에 아이들은 모두 자기가 잠잘 곳을 만들어놓은 것이다. 강변엔 바위들이 많았다. 넓적한 바위를 차지하지 못한 아이들은 맨바닥에다 방(?)을 만들었다. 강변 여기저기 흩어져 있는 방학책만한 납작한 돌을 주워 구들처럼 방을 놓았다. 자기 식구들이 잘 만한 넓이로 구들을 놓은 다음 아이들은 그 둘레에 무릎 높이의 담을 쌓고 입구를 만들었다. 구들이 잘 맞지 않을 때는 자갈로 틈을 메우고 모래를 깔았다. 그리고 그 위에 헌 가마니때기를 깔았다.

저녁밥을 먹은 아이들은 모두 강변 '자기 집'으로 가서 짐을 놓아 두고 옷을 홀라당 벗고 강물에 들어가 몸을 식혔다. 그리고 강 가운데 있는 까마귀바위 위에서 몸을 말리고 '자기 집'으로 들어가 누웠다. 아늑하고 시원했다. 지붕도 천장도 모두 하늘이었다. 하늘엔 늘 별이 반짝거렸다. 달이 높이 뜰 때도 있었다. 산골짜기마다 개똥벌레가 날아다니고, 소쩍새가 울었다. 옥수수나 개떡을 가지고 나와 아무도 모르게 야금야금 먹기도 했다. 벼락바위에서 잠을 자던 형들이 이따금 아이들이 자는 곳에 와서 아이들끼리 싸움을 붙여 울리고 갔다. 진문, 진석, 한수 형님들의 말장난에 안 넘어간 아이들이 거의 없었다.

 아름답고 포근한 그 안에서는 늘 형제들끼리 잠을 잤다. 깊은 밤 어쩌다 오줌이 마려워 강물에다 쉬를 하고 들어와 자기도 한다. 고즈넉한 달빛, 잠든 아이들 이마 위에 떨어져 빛나는 달빛, 아이들의 뒤척임과 잠꼬대 소리, 물소리, 소쩍새 소리, 풀벌레 소리…… 다시 자려고 해도 잠들지 못하고 뒤척이며 바라보던 아, 그 별들과 달, 산천, 마을의 집. 나는 그때 외로움을 배웠는지도 모른다. 그 세상은 이 세상이 아닌 듯했다. 그때쯤이면 북두칠성은 서쪽으로 많이 가 있었고, 은하수는 동서로 확실하게 뻗어 있었다.

 길게 뻗어가던 별똥별. 별은 똥을 쌌다. 어느 날 우리 아버지와 복두 아버지가 다정하게 지게를 지고 산으로 나무를 가셨더란다.

두 분은 사촌 간이었는데 우리 아버지가 한 살 위 형이었다. 성격은 영 달랐지만 참 다정했다. 나무를 한 짐씩 해서 받쳐놓고 아버지가 말을 걸었다.

"어이 명옥이, 별똥 묵어봤는가. 별똥이 몸에 좋다는구만."

뜸직한 당숙이 그럴듯했는지 아니면 옛날부터 어른들한테 수없이 별똥 이야기를 들어서였는지 이렇게 답했다.

"그러면 성님은 묵어봤소?"

"그럼 묵어봤재. 내가 주서올팅게, 잠깐만 기다려봐잉."

아버지가 오래된 토끼 똥을 주워 손으로 단단하게 만든 다음 당숙에게 주었더니, 당숙이 만지작만지작하다가 입에 넣고 씹어 삼키시더란다.

"에튀튀, 이거 퇴깽이 똥 아니요."

아버지는 그 모습에 그만 웃음을 참지 못했다고 하신다. 두 분이 나뭇짐을 받쳐놓고 다정하게 앉아 이런저런 이야기나 그런 우스운 장난을 하다가 지게를 짊어지고 앞서거니 뒤서거니 산을 내려오시던 모습이 나에게 아름답게 남아 있다. 아버지도 당숙도 이제는 당신들이 늘 오르내리던 그 산에 다정하게 묻히셨다.

밤하늘에 찬란한 별은 진메 마을 아이들의 외로운 밤 친구였다. 아이들은 '별 하나 꽁꽁' '별 둘 꽁꽁' 하며 돌아누워 다시 잠이 들었다. 어느 날이었다. 아이들은 저녁을 일찍 먹고 강변의 집으로 모여 목욕을 끝내고 방에 누워 낮에 있었던 일들로 시끌시끌했다. 그러다가 누군가가 "야, 북두칠성이 으떤 별인지 너도 아냐?" 하고 웃기는 질문을 했다. 진메 마을 아이들에게 북두칠성을 물어본다는 것은 소가 다 웃을 일이다. 누가 저 밤하늘의 북두칠성을 모르랴. 모두 다 회문산 오른쪽에 떠 있는 또렷한 북두칠성을 바라보며 "북 두 칠 성 이 란 다" 하며 일곱 글자와 일곱 개의 별을 맞추며 떠들어댔다.

그런데 이상한 일이었다. 현철이만 뚤레뚤레 별을 여기저기서 찾고 있었다. 현철이가 분명히 북두칠성을 모르는 것 같다는 것을 다들 눈치챘다. 아이들은 모두 '방'에서 일어나 앉아 이구동성으로 현철이를 다그치기 시작했다.

"너 북두칠성이 어디 있는지 말해봐."

현철이는 궁지에 몰린 듯했다. 그렇다고 자기가 모른다는 것을 호락호락 내비칠 현철이가 아니었다. 아이들의 떠드는 소리 속에서 느닷없이 현철이가 벌떡 일어나 높다란 바위로 올라가더니, 밤하늘의 별자리들을 손으로 가리키기 시작했다. 남쪽에 있는 큰 별 하나 북쪽에 있는 큰 별 하나 동쪽에 있는 큰 별 하나, 이런 식으로 그 자리에서 빙빙 돌며 "북 두 칠 성 이 란 다" 하며 밤하늘의 큰 별 일곱 개를 아무렇게나 띄엄띄엄 가리키며 크게 외치더니 털썩 주저앉아 씩씩거렸다. 모두들 와르르르 웃을 수만은 없었다. 현철이의 행동이 너무 심각했기 때문이다. 그후 아이들이 별자리를 찾는 일이 있을 땐 꼭 현철이 이야기를 하며 웃었다. 우리는 밤하늘의 큰 별을 골라 "북 두 칠 성 이 란 다" 하며 놀았는데, 마지막의 '다' 자는 제일 크고 밝고 일찍 뜬 금성인 '거지별'이었다.

내 소원은
멸치볶음이오

내가 존경해 마지않는, 아니 우리 민족이면 누구나 다 존경하는 김구 선생께는 대단히 죄송한 일이지만, 한때 내 소원의 첫째와 둘째와 셋째는 누가 뭐라고 해도 '멸치볶음'과 '계란후라이'를 도시락 반찬으로 가져가는 것이었다. 소원은 이루어질 수 없는 게 많다. 김구 선생의 소원이며 우리 민족 모두의 소원인 통일이 아직도 이루어지지 않는 것만 봐도 우린 알 수 있다.

나는 초등학교, 중학교를 거쳐 고등학교를 졸업할 때까지 한 번도 멸치볶음과 계란후라이를 도시락 반찬으로 가져가본 적이 없다. 중고등학교 때는 아예 한 번도 도시락을 가져가본 적이 없었으니까. 그때 점심을 굶어서 내가 지금 이렇게 키가 작은지도 모른다.

그때만 굶었는가. 태어나 흉년 들고 피란 다니며 얼마나 굶고 배고 팠는가.

우리 집도 다른 집처럼 닭을 키웠지만 달걀은 한 번도 먹을 수 없었다. 모두 병아리를 깨는 데나 가용에 보태졌다. 어쩌다 계란을 먹을 때가 있기는 했다. 암탉이 알을 잘못 품었는지 노란 병아리가 삐악삐악 나와야 하는데 아무 소식이 없는 달걀이 있었다. 곯은 달걀이었다. 이걸 어머니가 수거해서 삶아주셨다. 또 제삿날 재수가 좋거나 시제 때 산에 따라가면 계란을 먹을 수 있었다. 그러니까 애초에 우리가 먹으려고 달걀을 찐 적은 내 기억엔 없고 내 사전에도 없다.

평소에나 소풍 갈 때도 도시락 반찬은 초지일관 김치였다. 아, 그 신 김치! 옛날에 어디 도시락이 있었는가. 놋쇠로 된 복찌개(뚜껑)가 있는 주발이 도시락 구실을 했다. 그 놋주발에다 밥을 담고 종재기(종지)를 밥 위에 푹 눌러 앉히고 거기다 김치를 담았다. 밥이 뜨뜻하니 신 김치는 더 시어졌다. 김칫국물이 엎질러져 학교에서 복찌개를 열면 신 김치 냄새가 교실에 진동했다. 나만 그렇게 가져온 것이 아니었다. 거개가 다 그랬다. 모두 그렇게 김칫국물로 비벼진 점심을 맛나게 먹어치웠다. 소풍 가는 날이면 어머니는 소금에다 참깨를 볶아 빻은 것을 넣어 볶은 깨소금을 만들어주셨다. 맛은 있었다. 그래도 그렇지 소풍 가는 날 쪽팔리게 깨소금이 뭔가. 아무튼 형제끼리 오불오불 모여앉아 나뭇가지를 꺾어 대충 맞춘 젓가락으로 밥을 먹었다. 그때 어떤 아이가 가져온 멸치를 먹어본 나는 그만 그 맛에 깜박 가버렸다. 아, 우리 집은 언제나 멸치를 볶아먹고 국에다 멸치를 넣어 먹고 멸치를 볶아 도시락 반찬으로 가지고 다니나. 그때 그것은 까마득한 소원이었다. 도시락 반찬통이 따로 있는 학생은 늘 계란을 납작하게 부침개같이 만들어 밥 위에 덮어왔다. 밥을 먹으면서 한 번씩 수저로 계란을 밥과 함께 떠먹었다. 계란은 침이 저절로 넘어가는 부러움과 선망의 대상이었다.

나는 지금도 멸치라면 대가리까지 다 먹는다. 이제 나도 우리 집도 소원이 이루어진 것이다. 멸치를 맘대로 먹을 수가 있으니 말이다. 아내는 특히 내 소원을 잘 알고 있어서 늘 멸치를 떨어지지 않게 하고, 될 수 있으면 멸치 넣은 음식을 끼니때마다 내놓는다. 내가 좋아하는 음식 중 하나가 신 김치에 멸치를 통째로 넣고 끓인 김칫국이다. 어머니나 내 아들이나 딸, 아내도 멸치 넣은 음식은 잘 먹지만 멸치만은 한결같이 건져낸다. 상에 건져놓기가 바쁘게 나는 그걸 날름 집어다 먹는다. 처음에 아내는 그런 나를 쳐다보며 웃었다. 요즘은 식구들이 다 내 국에다 멸치를 건져 넣는다. 식구들이 넣은 멸치를 건져 먹으며 내가 "한때 내 소원은 멸치볶음이었당게" 하면 아내는 "만날 또 그 소리" 하며 내 국 속에 멸치를 건져 넣는다.

언젠가 멸치회를 먹은 적이 있는데, 나는 국 속의 죽은 멸치가 훨씬 더 맛이 있었다. 이따금 손님이 오거나 멸치볶음을 할 때 어머니나 아내가 나보고 멸치대가리를 따내고 속창시(멸치 똥)를 가려달라고 한다. 그런데 멸치를 통째로 먹는 나는 대가리와 창자까지 다 씹어먹으면 쌉싸름하니 그렇게 맛날 수가 없다. 나의 소원은 이루어진 셈이다.

이참에 한때의 또다른 소원을 아주 얘기하고 넘어가는 게 좋겠다. 내가 문학 공부에, 아니 책 보기에 기갈이 들어 있을 때 두 가지 소원이 있었다. 나는 그때 이 소원이 이루어지는 걸로 내 소원의 끝을 보기로 했다. 그 밖의 어떤 소원도 절대 갖지 않을 자신이 있었다. 소원이 이루어지는 건 불가능하다고 늘 생각해온 나는 그때 '소원은 이루어질 수 있는 것이다'라고 믿었다. 그 두 가지 소원이란 책을 사고 싶은 대로 사보는 것과 값을 의식하지 않고 담배를 사서 피우는 것이었다.

책은 늘 내 저쪽에 있었다. 신문의 새 책 난을 보면서 나는 메모를 했다. 보고 싶은 책들을 적어두었다가 월급날이 가까워오면 제일 보고 싶은 순서대로 번호를 매겼다. 1, 2, 3, 4, 5, 6…… 보고 싶은 책은 끝도 갓도 없었다. 어떤 일이 있어도 나는 3번까지는 사야 했다. 월급을 타면 평일이어도 바로 전주로 가서 얼른 책부터 샀다. 동생들 집에 먼저 들르면 포도시 집에 갈 차비만 남았다. 아니 차비만 남겼다. 언제나 책에 기갈이 들어 있어 보고 싶은 책을 쳐다보다 책방을 나와 터덜터덜 걸었던 것이다. 집에 오면 내 주머니엔 돈이 없었다. 그래서 이튿날부터 담배를 외상으로 사 피워야 했다. 외상 담배를 피우니 담배 또한 늘 기갈이 들었다. 지독한 세월이었다.

나는 그때 무슨 책이든 다 읽었다. 일요일이면 전주 서점에 가서 사지 못한 책이나 문학잡지 속의 시들을 다 읽고 나왔다. 책방 주인 이나 점원들도 나를 좋아했다. 그때 처음 들른 서점이 문성당이고 그다음이 옛 홍지서점이었다. 80년대 들어서는 노동길이 운영하는 금강서점에 들러 외상으로 사보곤 했다. 그땐 기갈이 좀 풀렸었다. 가뭄이 조금 해소된 날들이었다. 가방에 책을 가득 채워 손에 묵직 하게 들고 집에 올 때면 참으로 행복했다. 나는 책 속에 소개된 책들 도 메모해두었다가 사보았다. 그렇게 책을 사온 날 밤엔 늘 코피가 났다. 책을 보다 새벽 세시나 네시쯤 밖에 나오려고 마루에 턱 내려 서면 뜨거운 것이 콧구멍을 타고 떨어졌던 것이다.

그 시절 못 잊을 선생 한 분이 있다. 나는 여기 그 선생을 기억해 두려 한다. 그 여선생은 키가 나보다 훌쩍 컸다. 덩치도 컸다. 마음 이 넓은 만큼이나 세상을 사랑했다. 늘 흰 고무신을 신고 다녔으며 마을 사람들에게도 잘했다. 80년 초의 그 숨 가쁜 역사의 현실을 그 이도 아파하고 울분을 터뜨리곤 했다. 그 선생과 나는 늘 어딘가에 앉으면 오만 가지 이야길 나누었다. 내가 만난 선생 중 가장 인간적 인 사람이었다. 나는 그 선생과 결혼하고 싶었다. 그 선생이 내게 정말 많은 책들을 가져다주었다. 내가 필요한 책들을 어떻게 알았는지 사서 자기도 읽고 나도 읽게 했다. 자기는 필요 없는 책인데도 부러 사서 나더러 읽으라고 빌려주기도 했다. 참 좋은 사람이었다.

세월이 흘렀다. 나는 책을 어느 정도 맘 놓고 사보게 되었다. 담배는 90년엔가 끊었다. 어느 토요일이었다. 아침에 일어나 담배를 찾으니 담배가 없었다. 어머니께 물어보았더니 어머니 역시 떨어지셨단다. 우리 동네 담배 가게에 가보니 거기도 떨어졌단다. '에이 이 더러운 담배, 내가 담배를 피우나 봐라.' 나는 침을 길바닥에 튀 튀 뱉고 밥 먹고 학굣길을 나섰다. 이층 교실에 앉아 아래를 내려다 보니 나이 든 주사님이 담배를 멋지게 물고 지나가셨다. 그때 "주사님, 주사님" 하고 부르며 아래층으로 내려가 담배 한 개비를 얻어 불을 붙였다. 한 모금 빠는데 아침부터 여지껏 참은 시간이 아깝다는 생각이 들었다. 나는 얼른 변소에 가서 똥통 속에 담배를 던져버렸다. 그 뒤로 다시는 담배를 입에 물지 않았다. 흡연은 습관이다. 그건 멋도 심심풀이도 아니며 화를 삭이는 그 어떤 것도 아니다. 그냥 습관이다. 그때까지 나는 담배를 끊겠다는 생각을 해본 적이 한 번도 없었다. 나는 하루에 한 갑 반에서 두 갑 정도를 피웠다. 아침에 일어나 피우고, 밥 먹고 피우고, 학굣길에서 피우고, 징검다리 건너며 피우고, 한 시간 끝나면 피우고, 시작하기 전에 피우고 이런 식이었다.

누구나 그렇듯이 습관의 단절은 힘이 든다. 나도 힘이 들었다. 담배를 끊은 후 3년까지는 꿈에서도 담배를 피웠다. 담배를 한 개비 물고 불을 붙여 한 번 빨고는 기분이 나빠 던져버리다 깨어보면 꿈이었다. 지독한 습관의 중독이다. 걷다가 자전거를 타보면 걷기가 싫어진다. 그러다 오토바이 타면 자전거는 죽어도 못 탄다. 자동차 타다 오토바이는 또 못 탄다. 이게 습관이다. 돈에 물든 습관이 제일 무섭다. 욕망은 끝이 없다. 욕망은 욕망을 부른다. 욕망이 충족된다면 그것이 무슨 욕망이겠는가. 욕망은 점점 크고 거대해진다. 크고 거대한 것들은 사람을 소외시킨다.

나는 작고 보잘것없는 것에 행복을 건다. 봄이면 피어나는 저 예쁜 풀꽃들을 보며 나는 행복하다. 내 소원은 다 이루어졌다. 나는 소원이 없는 셈이다. 그러나 그럴까? 나의 아내에게 물어보라. 나는 언젠가부터 『브리태니커 백과사전』을 사고 싶었다. 한길사에서 나온 『한국사』를 사고 싶었다. 그래서 아내 몰래 적금을 들었다. 적금이 완결될 즈음엔 영락없이 돈이 들어가야 할 집안일이 생겼다. 그러면 난 아낌없이 그 돈을 아내에게 주고, 아내는 고마워한다. 나는 지금도 학교에서 월초에 주는 8만 원의 밥값을 다 적금 붓고 있다. 그 적금이 완성되면 『브리태니커 백과사전』을 살 것이다. 그때 또 집안일이 생기면 아내에게 줄 터이지만, 나는 그 소원을 남겨두기로 한다.

나는 기억한다. 중학교 5교시가 시작된 어느 날, 너의 소원이 무엇이냐고 물었을 때, 서슴없이 나는 말했다.

"내 소원은 멸치볶음이요."

웃을 일이 아니었던 것이다.

앙꼬 아이스케키의 추억

다 알다시피 60년대 초엔 읍면 단위에서 '아이스케키(얼음과자)' 를 만들어 팔았다. 그냥 물로만 얼려 만든 아이스케키와, 팥을 넣어 만든 '앙꼬 아이스케이키'가 있었다. 조금 고급에 속하는 앙꼬 아이스케키는 그냥 아이스케키보다 값이 비쌌다. 그 당시 아이스케키는 아이나 어른 할 것 없이 모두 선호하는 여름 군것질감이었다.

어느 할아버지가 손자에게 주려고 아이스케키를 두어 개 싸서 장 보따리 속에 넣어가지고 집에 왔다. 손자를 불러놓고 자랑삼아 보 따리를 끌러보니, 웬걸 아이스케키는 어데로 가고 그 자루만 남아 있더란다. 할아버지가 아이스케키 막대기를 들고 어느 놈이 얼음은 먹어버리고 막대기만 넣어놨느냐고 호통을 쳤다는 이야기는 아마 그때 누구나 한 번씩은 들어보았을 것이다. 이것은 얼음과자를 장에 가야만 사먹을 수 있던 때의 이야기이고, 나중에는 아이스케키 통을 짐받이 자전거에 싣고 각 마을로 돌아다니는 얼음과자 장수가 있었는데 한때는 그 장사가 수지맞기도 했다.

내가 순창으로 중학교를 간 해의 일이었다. 그날은 어쩐 일인지 오전 수업만 했다. 어찌나 덥던지 나는 어깨가 축 늘어져 터덜터덜 자취집으로 가고 있었다. 학교와 자취집 중간쯤에 있는 커다란 농협 창고 옆에 장터로 오가는 길이 나 있었다. 농협 창고는 상당히 길고 커서 그늘도 컸는데 그 앞을 지나다가 잠시 서서 땀을 식히다가 가는 사람들이 많았다. 장날이면 시골 할머니 할아버지 들은 장보따리를 내려놓고 그 그늘에 들어가 쉬어 갔다.

그날 그 창고 옆을 천천히 지나다보니 그늘에 할머니 두 분이 마주 앉아 무엇인가 권커니 잣거니 하고 있었다. 나는 무슨 일인가 궁금하여 가까이 가서 보았다. 두 할머니는 사돈 간이었던 모양이다.

"사돈 먼저 잡수셔."

"아니, 사돈이 먼저 드셔."

아이스케키 하나를 가지고 서로 먼저 먹기를 권하고 있었다. 그렇게 권커니 잣거니 하다 한 할머니가 얼른 아이스케키를 입에 넣고 한 번 빨더니 "자, 그럼 사돈도 한번" 하며 다른 할머니 입에 넣어주니, 그가 얼른 입에 넣고 빨더니 또 사돈에게 주었다. 그렇게 번갈아가며 아이스케키 하나를 다 먹고 다정한 두 할머니는 일어섰다. 그리고 각자 반대 방향으로 보따리를 머리에 인 채 "어여 가, 어여 가" 손짓들을 하며 멀어져갔다. 나는 그때만큼 아이스케키가 먹고 싶었던 적이 없다. 앙꼬 아이스케키를 사먹을 수 없으니 날은 더 덥고 목도 더 탔다. 검정 교모를 벗어 땀을 닦으며 나는 멀어져가는 그 두 분의 뒷모습을 자꾸만 바라보았다.

올 더위에 앙꼬 아이스케키에 얽힌 아름다운 추억 한 토막이 떠올랐다.

내 정강이의
덴 흉터

　엿장수들은 일요일에만 마을을 돌았다. 그래야 엿을 팔 수 있었다. 가위 소리를 쩔렁쩔렁 울리며 동구길에 들어서면 아이들은 부지런히 엿과 바꿔 먹을 것들을 집 안 구석구석 뒤져 찾아냈다. 그러나 뭐가 있겠는가. 어떤 때는 더 신어도 될 고무신을 엿과 바꿔 먹어 혼나고 마늘을 뽑아주다 들켜 혼이 나기도 했다. 엿장수는 헌 고무신짝이나 요강 깨진 것, 탄피, 보리나 쌀 등을 받고 엿이나 성냥이나 빨랫비누를 주기도 했다.

　엿장수 말고 또 석유장수가 있었다. 동네마다 석유를 짊어지고 다니며 "석유 사려, 석유가 왔어요" 하며 외치고 다녔다. 큰 소주병에다 석유를 팔았다. 한 깡통씩 짊어지고 와서 다 팔고 갔다. 석유

는 농촌의 밤을 밝히는 호롱불의 연료였다. 한겨울 희미한 석유 등
잔 아래에서 식구들끼리 화롯가에 모여 내복을 벗어 화로에 쬐어
이를 잡았다. 화로 위에 내복을 쫙 펴면 뜨거워서 이가 발발 기어 나
왔다. 이때 재빨리 이를 잡아 화롯불 속에 넣으면 이는 톡톡 소리를
내며 죽었다. 옛날엔 이가 많았다. 따뜻한 날 양지쪽에 있으면 이가
밖으로 기어나와 등허리를 발발 기어다니기도 했다. 겨울철 학교
공부시간에 앞자리에 앉은 친구 등에서 슬슬 기어다니는 이를 보는
일도 흔했다.

식구들끼리 호롱불 아래 빙 둘러앉아 이를 잡는 모습은 정다워
보였다. 요즘 고스톱을 치다가 자기가 먹을 패가 나오면 "그래 인자
따땃헌게 이처럼 슬슬 기어나오는고만잉" 하는 소리는 옛날 화롯가
에서 이 잡던 경험이 있는 사람의 이야기일 것이다. 어찌 그 호롱불
밑에서 이만 잡았겠는가. 누님은 수를 놓고 어머니는 삼을 삼고 베
까지 짰다. 덕석을 만들고 망태를 만들었다. 아이들은 화롯가에 앉
아 연필심에 침을 발라가며 숙제를 하고 노름꾼들은 콧구멍에 그을
음이 꽉 차도록 패를 쬐었다.

호롱불은 꼭 필요할 때만 켰다. 할 일 없는 날은 일찍 불을 끄고
먹방에 앉아 두런거렸다. 다음번 석유장수가 오기 전에 석유가 떨
어지면 호롱을 들고 다른 집으로 꾸러 가야 했다. 나도 뒷집으로 성
냥골이나 석유를 꾸러 다녔다. 빌린 것들은 꼭 갚았다. 지금도 시골

어머니들은 할 일 없으면 전등불을 끄고 밖에 나와 앉아 두런두런 이야기를 한다. 풍언이 아재네는 지금도 일찍 불을 꺼버린다. 전기요금을 아끼기 위해서다. 옛 어머니들은 이렇듯 절약이 몸에 배어 있었다.

튀밥장수는 방학이 시작되기만 하면 어김없이 그 이튿날 나타났다. 정확했다. 겨울방학이나 여름방학 첫날 튀밥장수가 와서 펑펑 튀밥 튀기는 소리는 아이들의 마음을 들뜨게 했다. 쌀, 보리, 수수, 강냉이, 떡 말린 것, 깜밥(눌은밥) 말린 것 등 콩 종류만 빼고 거의 다 튀길 수 있었다. 쌀 튀밥은 설날이나 명절을 앞두고 튀겼다. 아무리 부잣집이라고 해도 쌀 튀밥을 군것질감으로 튀기는 집은 없었다. 강냉이 튀밥은 양이 많을 뿐만 아니라 고소해서 여름철에 가장 많이 튀겨 먹었다.

튀밥장수가 나타나 햇볕이 드는 따뜻한 양지쪽에 앉아 펑 하고 한 방 튀기면 동네에 금방 알려졌다. 그 소리를 들으면 사람들은 튀밥 튀는 삯과 강냉이를 담은 그릇과 큰 자루와 나무를 가지고 모여들었다. 돈이 없는 집은 두 번 튀길 만큼 곡식을 가지고 가서 한 번 분량은 튀밥 튀는 값으로 튀밥장수에게 주면 되었다. 나무는 튀밥 기계에 불을 때야 하므로 반드시 필요했다.

내가 중학교에 입학해 처음 맞은 여름방학 이튿날에도 어김없이 튀밥장수가 왔다. 아이들은 신이 나서 더운 것도 잊고 모여들었다.

그래서 펑 하고 튀겼을 때 자루 밖으로 튀어나온 튀밥을 한 주머니씩 얻어먹었다. 튀밥 인심은 후하기도 해서 튀밥 자루를 메고 가는 사람을 고샅에서 만나면 한 움큼씩 주기도 했다. 펑 할 때마다 자루에 구멍이 뚫려 퐁 솟아오르는 하얀 튀밥을 받아먹거나 주워먹는 일은 재미 이상의 재미였다. 그렇게 몇 번 손으로 받아먹다가 나는 꾀가 났다. 소쿠리를 대면 손보다 많이 받을 것 같아 집에서 큰 소쿠리를 가져와 퐁 올라간 튀밥을 보고 얼른 갖다 대니 소쿠리에 금세 우수수 강냉이 튀밥이 깔렸다. 신나는 일이었다. 이젠 좀더 가까이서 받아먹으려고 나는 튀밥 튀는 철망자루 옆에 바짝 다가갔다. 아이들을 둘러보았다. 다음은 내 차례다 하고 아이들이 서로 선두를 다투고 있었다. 그때 펑 하는 소리와 함께 김이 자욱하게 나를 감쌌다. 순간 어떤 뜨거운 기운이 확 내 정강이에 닿았다. 나는 엉겁결에 소쿠리도 팽개친 채 "아이구 뜨거" 하며 정강이에 손과 눈이 동시에 갔다. 정강이께가 화상을 입어 무릎 아래가 모두 화끈거렸다. 폴짝폴짝 뛰었다. 사람들이 처음엔 웃다가 정색을 하며 모여들었다. 겁나게 데어버린 것이다. 나는 집으로 실려갔다. 헛청에서 삼을 삼던 어머니가 달려나와 내 다리를 보더니 질겁을 하시곤, 얼른 동이에 구정물을 가득 담아와 거기에 내 덴 다리를 푹 담그셨다. 나는 "뜨거, 앗 뜨거" 하며 울었다. 내 꼴을 바라보던 어머니는 "아나, 또 그래라. 아나, 또 그래라" 하며 내 머리를 쥐어박으셨다. 그래도 안

되었다 싶었는지 어머니는 움직이지 못하는 내게 보리 튀밥을 한 바가지 가져다주셨다. 그걸 먹고 체해서 나는 그날 이중으로 고생을 했다.

중학생이 된 첫해 여름방학은 그야말로 떡이 되고 말았다. 방학이튿날부터 나는 약을 처바른 한쪽 다리를 절뚝이며 아침부터 정자나무에 나가 저녁때까지 물만 바라보아야 했다. 분하고 억울하고 화딱지가 솟구쳤지만 자업자득이었다. 누굴 원망하겠는가. 아이들은 아침부터 강에 나가 코앞에서 물놀이를 하고 고기를 잡으며 놀았다. 아, 그해 더위는 유난했다. 방학이 끝날 때쯤 내 정강이엔 딱지가 지고 허연 흉터가 드러났다.

튀밥만 보면 나는 그해 여름이 생각나서 고개가 절로 흔들어진다. 아내가 내 흉터에 대해서 몇 번이나 물어보았지만 대답을 안 하다가 살 만큼 산 다음에 그 이야기를 했더니 "그때부터 그렇게 장난꾸러기였구만" 하며 어찌나 놀리고 웃던지. 이따금 민세, 민해가 내 흉터에 대해서 물어보지만 나는 그냥 데었다고만 한다.

어떤 사주쟁이는 내 사주를 볼 때 "몸 어딘가에 큰 흉터가 있구만" 해서 나를 놀라게 했지만, 우리 또래에 몸에 흉터 없는 사람이 어디 있으랴. 나는 오른손보다 왼손에 흉터가 더 많다. 용조 형은 왼손잡이기 때문에 왼손보다 오른손에 흉터가 더 많다. 모두 꼴 베다가 낫에 베인 상처 자국이다. 동네에서 손에 상처가 제일 많은 사람은 한수 형님이다. 그 형님 손은 성한 데가 하나도 없이 온통 흉터 투성이다. 위대한 인간의 손이다. 그렇다고 내 다리가 위대한 다리라는 말은 절대로 아니다.